KB248545

文明의 충돌은 극복될 수 있는가?

21世紀와 聖書의 비밀

KAMI NO MASTERPLAN NO YUKUE

by Teiichiro Kuroda

文明의 충돌은 극복될 수 있는가?

21世紀와 聖書의 비밀

구로다 데이이찌로(黑田禎一郎) 지음
朴世直 옮김

들녘

21世紀와 聖書의 비밀

ⓒ 들녘 2001

초판 1쇄 발행일 · 2001년 11월 15일
초판 2쇄 발행일 · 2001년 11월 20일

지은이 · 구로다 데이이찌로
옮긴이 · 박세직
펴낸이 · 이정원

펴낸곳 · 도서출판 들녘
등록일자 · 1987년 12월 12일 / 등록번호 · 10-156
주소 · 서울시 마포구 합정동 366-2 삼주빌딩 3층
전화 · 영업(02)323-7849 편집(02)323-7366 팩시밀리(02)338-9640

값은 뒤표지에 있습니다. 잘못된 책은 구입하신 곳에서 바꿔드립니다.
ISBN 89-7527-274-5 (03830)

· 홈페이지 · www.ddd21.co.kr

『21世紀와 聖書의 비밀』의 출판에 즈음하여

International Bible Church

목사 구로다 데이이찌로(牧師 黑田禎一郎)

금번, 『神의 마스터플랜의 향방』이라는 저의 소저(小著)를 朴世直 박사께서 손수 번역을 맡아 수고해 주신 덕분으로『21世紀와 聖書의 비밀』이라는 한국어판으로 출판된 것을 참으로 기쁘고 더없는 영광으로 생각합니다. 이와 같은 경지가 이루어진 배후에는 언제나 살아 역사하시는 하나님의 깊으신 섭리가 계심을 저는 절감하고 있습니다. 먼저 하나님과 朴世直 박사님께 마음으로부터 감사를 드립니다. 또한 출판에 즈음하여 아낌없는 이해와 협력을 아끼지 않으신 '들녘' 출판사측과 수고해 주신 모든 분들에게 깊은 사의를 표합니다.

저는 독일에서 하나님께 헌신하는 소명을 받은 지 올해로서 25주년이 됩니다. 이 또한 하나님의 깊으신 은총인 줄 합니다.

저에게는 이전에 '구라파 주재 일본인 선교라는 무거운 짐'이 맡겨져, 뒤셀도르프 일본인 그리스도 교회를 설립한 바 있습니다. 이것이 인연이 되어 당시 '철의 장막 시대'였던 구 소련과 동구권인 러시아, 우크라이나, 루마니아, 동독 등의 국가에 성서를 가져다 선교를 하기에 이르렀습니다. 이것은 저에게는 크나큰 하나의 신앙적인 도전이 아닐 수 없었습니다.

그 후, 소련과 동구 제국은 붕괴했고, 선민이라 일컬어졌던 많은 유태인들이 이들 국가들로부터 조국 이스라엘에 귀환하기 시작했습니다. 이들의 역사적인 대이동은 하나의 세계적인 시각(時刻)을 확정짓게 하는 일대 사건이었습니다. 구라파는 EU(유럽연합)가 대두됨으로써 더욱더 세계 무대에 두각을 나타내기 시작했고, 이와 때를 같이하여 이슬람교의 급속한 약진이 이루어졌습니다. 금년 9월11일의 미국에서의 테러 사건으로 세계의 구도는 불과 수개월 만에 변해 버렸습니다. 말하자면, 예전의 동서관계는 완전히 종지부를 찍게 되고, 테러 대 비(非)테러의 구도로 변모했습니다. 세계의 시각(時刻)은 지금 급속도로 진전하고 변하고 있습니다. 저는 이와 같은 일련의 역사적인 조류를 지켜보면서, 시대는 바야흐로 성서에서 예언하는 종말 시대로 접어들고 있지 않나 하는 생각을 합니다. 지금 세계 모든 사람은 금후 세계가 어떻게 변할 것인지 불안감을 감추지 못하고 있습니다. 이러한 시점에 저에게는 성서 속의

'하나님의 마스터플랜'을 전 세계인에게 전하여야 된다는 무겁고도 중요한 사명이 주어져 있다고 믿고 있습니다.

금후의 세계의 움직임을 풀 수 있는 중요한 관건은 성서 속에 있습니다. 아니 성서 없이는 저희들은 정치, 기업, 교육, 어느 것 하나 문제를 풀어 갈 수가 없는 것입니다. 저는 이 작은 저서를 통해서 많은 사람들이 성서의 깊은 의미에 보다 가까이 다가가기를 간절히 바랍니다.

새로운 본 책자가 예수 그리스도의 영광을 위해 한글 권에서 널리 읽혀지기를 마음으로부터 기원합니다. 거듭 수고하신 모든 분들에게 깊은 감사를 드리며, 주님의 축복이 여러분께 늘 가득하시기를……

2001년 10월

교육학 박사 朴 世 直

(한국청소년마을 총재)

　제2차 세계대전의 책임을 같이 져야 할 독일과 일본의 경우, 독일은 자신들이 지은 과오와 죄상을 솔직히 고백하고 참회했습니다. 그로 인해 과거에 적대했던 불란서와 영국을 비롯한 인접국가와 화해하고 함께 손잡고 EU라는 「유럽공동체」를 만들어 나가고 있습니다.

　반면, 일본은 그렇지 못합니다. 오히려 과거의 잘못을 미화하고 호도하려는 소위 '극우적인 움직임' 때문에 아시아에 진정한 평화와 우호가 증진되지 못하고 있습니다. 우리는 이와 같은 현실을 매우 안타깝고 유감스럽게 생각해 왔습니다.

　그러나 제 자신이 「'88년 서울올림픽」을 치르고 또 국회에서 「국회 조찬기도회」 회장을 역임하면서 일본 정계와 제휴, 「한·일 기독교 의원 연맹」을 결성하는 과정에서 남달리 느낀

점이 있습니다. 일본의 적지 않은 '양심 인사들' 중, 적어도 기독교인은 진정으로 자기들 조상이 지은 과오와 인접국에 입힌 피해를 솔직히 인정하고 참회하고 있었기 때문입니다. 저는 이들 크리스천들과 함께 손잡고 일한다면 한·일 양국 간의 복음사업과 현안 문제도 크게 진전시킬 수 있으리라는 생각을 갖게 됐습니다.

그러던 차에, 또다시 「2002년 한·일 월드컵 축구대회」 조직위원장직을 맡게 되었습니다. 저는 본 대회야말로 제가 평소에 생각하고 있던 바를 실현하는 데 하나님께서 주신 절호의 기회라는 생각이 들었습니다. 그리하여 양국의 진정한 화해와 선린우호의 장이 되기를 바라는 뜻에서 기독교계를 포함하여 일본 조야의 각계 인사들을 만나 각종 집회나 강연회를 통하여 대화를 나누게 됐습니다. 그러는 가운데 일본의 구로다 데이이찌로(黑田禎一郎)라는 한 분의 훌륭한 목회자를 알게 되었습니다.

금년 봄, 구로다 목사로부터 『하나님의 마스터플랜의 향방(神の マスタ-プランの 行くへ)』이라는 자신의 저서를 한국어로 번역 출판하고 싶다는 부탁과 함께, 출판사 일각에서는 기왕이면 저더러 번역을 맡아 줄 수 없겠느냐는 과분한 청을 받았습니다.

책 내용에 공감하는 대목이 많은데다가, 평소에 한·일 양국의 번역 문화의 중요성에 대한 남다른 인식을 갖고 있던 터

라 선뜻 응하기는 하였으나, 과연 한국 독자들의 관심을 끌 만
한 수준의 작품이 되었는지는 자신이 서지 않습니다.

그러나 무엇보다도 이 책을 번역하는 과정에서 구로다 목사
께서 한 일본인으로서 성령의 은사를 받은 후, 신을 부정하고
인권이 무시된 동토(凍土)의 나라 구 소련과 동유럽에서, 자신
의 안위를 돌보지 않고 오랜 기간 선교에 임했다는 자체만으
로도 존경스러운 마음을 금치 못했습니다.

이 책 속에는 한 인간이 창안해 낸 이데올로기가 불러 온 끔
찍하기 이를 데 없는 사건들이 생생하게 묘사되어 있습니다.
유태인 대학살 사건이나 시베리아 강제노동 수용소, 그리고
소련 각지와 동유럽에서 자행된 상상을 초월한 인간 학대나
대규모 살육의 참상들이 바로 그것들입니다. 무엇보다도 저자
는 그러한 극한 상황 속에서도 신앙을 잃지 않고 자녀들이나
주민들에게 끈질기게 신앙을 전수하여 마침내는 '신의 응답'
을 받고 '인간 승리'를 이룰 수 있었던 '신앙의 힘'의 위대성을
저자 자신의 현장 선교에서 적나라하게 입증하고 있습니다.

이들 순교자의 신앙 간증은 아직도 신을 부정하는 체제 속
에서 신음하고 고통받는 북한 동포와 지하교회 성도들의 잊혀
져 가는 참담한 처지를 회상하게 합니다. 이러한 관점에서 아
직도 시계가 불투명하여 불안하기만 한 한반도에서 남·북 문
제로 적지 않게 고민을 해야 하는 이 나라의 위정자나 일반 국

민들에게 이 책이 시사하는 바가 결코 적지 않으리라고 생각합니다.

더욱이 현대는 인간이 상상하는 신을 의인화(擬人化)하는 헬레니즘(Hellenism)적 문화와, 아직도 우주 생성의 시작을 확인하지 못한 채 진화론적 관점에서만 보는 무신론적 문화의 영향권에서 벗어나지 못하고 있습니다. 그런 관점에서 창조신의 존재와 그의 예언적 진리를 입증하는 히브리(Hebrew)적인 유일신에 대한 확신은, 이 우주의 진리와 인간의 근본을 탐구하고자 하는 많은 사람들에게 신선한 충격을 줄 것입니다. 아울러, 점차 실체화되어 가는 대유럽연합(EU)과 성서 속에 암시된 부흥 로마제국은 물론, 바빌론의 부흥과 그의 장래 등에 관한 예언과 함께 21세기에 비추어질 지구의 모습이 이 책 속에 잘 조명되고 있습니다.

본 저서는 이스라엘을 중심으로 일어난 중동사태와 지난 몇 세기에 걸쳐 일어난 세계적인 사건들을 총정리한 역사서로서의 가치도 지니고 있습니다. 동시에, 창조주이신 하나님이 언약하신 이스라엘 민족과 전 인류와의 관계와 미래에 관하여, 그리고 유럽을 비롯하여 세계적인 기독교 신앙의 공동화(空洞化) 현상을 파고드는 이슬람교의 급격한 신장이 무엇을 뜻하는지에 관해서도 잘 말해 주고 있습니다.

그럼에도 불구하고 이 책은 성경을 통하여 언젠가는 이슬람 문명과 넓은 의미의 기독교 문명이 서로 화해하여 중동(中東)

과 지구상에 진정한 평화를 가져 올 것을 통찰하고 있습니다. 한편으로 이 책자는 성서가 환난(患難)의 시대가 가까워져 바야흐로 지구 종말(終末)의 시대로 접어들고 있으며, 이는 인류 멸망이나 재앙이 아니라 오히려 인류의 번영과 행복을 약속하고 있음을 시사하고 있습니다.

21세기 벽두에 세계를 경악하게 만든 미국에서의 자살 테러 폭파사건이 있기 전에 쓰인 이 책 속에 이러한 테러와 결코 무관하지 않는 내용들이 기술되고 있는 사실에 대해 독자 여러분은 아마도 적지 않게 놀라실 것입니다. 참담하기만 했던 이번 사건의 발단배경이 역사적으로 어디에 뿌리를 두고 있으며, 그 결과 과연 서구기독교 문명과 이슬람 문명이 대립, 충돌하는 비극적인 사태로 발전할 것인가, 아닌가에 대한 의문을 푸는 새로운 시각을 갖게 되실 것입니다. 또한 이 책을 통하여 비록 금번 사건이 세계인의 마음에 지울 수 없는 상처를 남기기는 하였으나, 성서가 예언하고 있는 그 신비스러운 비밀을 알게 됨으로서 세상 사람들의 마음속에 '영적인 안정과 위안'이 깃들기를 바라는 마음 간절합니다.

끝으로, 한·일 양국의 '양심'이라 할 수 있는 이들 성직자의 저서가 좀더 활발히 번역되어 양국 국민에게 널리 읽혀짐으로써 과거사의 진실왜곡 문제로 한·일 관계의 앞날을 걱정하는 모든 이들을 더욱 가까이 묶고 분발케 하는 하나의 촉매

제가 될 것을 기대합니다.

　한국어판이 출판되기까지 저의 '지나친 청'을 마다하지 않으시고 추천서와 메시지를 알뜰히 써 주신 존경하는 원로 목사님과 교계 지도자 여러분께 깊이 감사를 드립니다. 또한 본 책자를 기꺼이 출판에 응해 주신 도서출판 '들녘'의 이정원 사장님과 임직원 여러분에게 감사하며, 특히 원고의 교정에서부터 크고 작은 수고를 아끼지 않으신 백병훈 박사께 깊은 사의를 표하는 바입니다.

　귀한 책자의 번역을 허락해 주신 구로다 목사님의 크신 헌신과 수고가 '60배 100배의 풍성한 결실'을 맺게 되시기를 간절히 바라며, 앞날에 더욱 크신 하나님의 은총과 영광을 기원합니다.

2001년 10월

‖차 례‖

Ⅰ. 이데올로기 사회의 붕괴

I. 이데올로기 사회의 붕괴

소 련

"20세기는 혁명으로 시작하여 혁명으로 막을 내렸다"고 말해도 과언이 아닐 것입니다. 대체로 그 시작은 1917년의 러시아 혁명이었습니다. 레닌이 이끄는 러시아 공산당은 이 혁명으로 정권을 장악했습니다.

그러나 1924년 1월, 레닌이 사망하자 스탈린이 후계자로 선택되었습니다. 소련이라는 국가의 정상에 이 같은 인물이 서게 된 것이 오늘날 소련이 이 지구상에서 형언할 수 없는 재앙을 불러들이는 단초였는지 모릅니다. 비단 소련뿐만 아니라, 그의 영향력은 동유럽 제국에 이르기까지 크게 떨쳤습니다.

역사는 사실을 사실대로 묘사하게 마련입니다. 더 보텔 수도 뺄 수도 없는 것이 역사입니다. 러시아 혁명으로부터 오늘에 이르기까지 일체의 현대사는 과연 우리들에게 무엇을 시사하고 있습니까? 이제부터 이를 순서대로 생각해 보기로 하겠습니다.

소련이 의도한 '이상(理想)'

사회주의 국가 소련에는 다음과 같은 세 가지의 경제적인 '이상'이 있었습니다. 첫째, 기업이 개인 소유물이 아닌 국가의 것이 되어야 한다는 것입니다. 그렇게 함으로써 자본가에 의한 노동자의 착취가 없어진다고 믿었습니다.

둘째, 경제는 계획경제에 의해야 한다는 것입니다. 모든 것이 전문가에 의해 계획되고 상품도 생산 판매되는 것이기 때문에, 물품의 과잉생산이나 품귀 현상이 일어나지 않는다고 생각했던 것입니다. 또한 자본주의처럼 불황이나 공황이 일어날 수 없으며, 실업자도 생기는 법이 없다고 생각했습니다.

셋째, 이윤추구의 생산은 하지 않는다는 것입니다. 기업은 이윤을 추구하는 것이 아니라 사회에 이익을 주기 위하여 만든다는 것입니다. 따라서 기업비밀은 있을 수 없으며 새로운 지식이나 기술은 기업 간에 공유하기 때문에 경제는 눈부시게 발전한다고 그들은 믿었던 것입니다.

그런데 그들은 이와 같은 '이상'을 실현하기 위해 어떤 수단을 사용했습니까? 먼저 세상에 존재하는 부는 노동자에 의해 생산되기 때문에 노동자가 사회의 주인공이 되어야 된다고 생각하기에 이르렀습니다. 그리하여 사회주의 혁명을 일으켜 노동자가 권력을 장악하는 것을 강조했습니다.

그러나 자본가는 자기들이 세상에서 이제는 힘을 발휘할 수 없게 될 것을 두려워한 나머지 사회주의를 뒤집어엎으려 할 것입니다. 따라서 이를 막기 위해서는 노동자의 독재가 필요하며, 노동자의 대표인 공산당이 모든 권력을 잡아야 하고, 그렇게 함으로써 자본가를 압박할 수 있고 자본주의의 부활을 막을 수 있다고 생각했던 것입니다.

그리하여 사회주의나 소련 체제를 비판하는 매스컴은 인정하지 않고, '인민을 위한 보도'를 하는 보도기관만의 존재가 허용될 수 있다고 생각했습니다.

이처럼 사회주의를 발전시키면 가난한 사람은 있을 수 없으며 모두가 윤택해진다는 것입니다. 이것이 공산주의 사회로서, 누구든지 생활에 만족할 수 있게 되기 때문에 자본주의를 부활시키려는 움직임도 없어질 것이라고 생각했습니다.

그러나 현실은 어떠하였습니까? 결코, 그들의 이상대로 되지 않았습니다. 기업이 국가의 것이라는 생각은 먼저 노동의 욕을 감퇴시켰습니다. 이들 국가에서는 노동자들이 좋은 제품을 생산하려는 의욕이 생기지 못했습니다. 따라서 상품의 생산성을 높일 수가 없었습니다.

계획경제가 되면, 소비자의 것은 생각하지 않고, 항상 위에 앉아 계획하는 전문가의 생각에 좌지우지되기 때문에 사용자 측 입장을 생각할 수 없게 된 것입니다. 따라서 상품의 가치는 향상되지 못한 채 늘 고독하게 제자리를 맴도는 현상이 빚어졌습니다. 생산이 사회를 위하는 것이 되어 버리면 자기와는 상관이 없게 느껴지기 때문에 이 역시 발전할 수가 없었고, 옛 기술로도 족하다는 결과가 되어 버렸습니다.

이러한 악순환이 계속되어 결국에는 사회주의는 노동자에게 노동의 동기를 부여하지 못하게 되어, 처음에 의도했던 이상에 도달할 수가 없게 됐던 것입니다.

독재자 스탈린

그러면 역사를 이처럼 거꾸로 돌린 스탈린은 도대체 어떤 인물이었습니까? 스탈린에 의한 숙청, 처형, 아사(餓死)는 참으로 충격적입니다. 그에 의해 희생당한 사람의 수는 아직 정확히 파악할 수도 없을 정도입니다.

저는 서시베리아의 다브르스크에 가본 적이 있습니다. 거기서부터 북극권에 가까운 지대에 저 유명한 솔제니친이 쓴 『수용소 군도』의 무대가 된 것으로 알려진 그 무시무시한 강제노동 수용소가 여러 개 있었으며, 이들을 보는 순간 필설로 다할 수 없는 큰 충격을 받았습니다. 지금도 당시 수용소의 흔적은 물론 죄수들을 사용하여 만든 시베리아 철도의 흔적을 확인할 수 있습니다.

서시베리아 다브르스크의 강제노동 수용소
수많은 인민들이 이 같은 수용소에서 인간 이하의 비참한 생활을 하면서 참담한 생을 마감해야 했다. 지붕 위의 전기 철조망과 감시탑이 스산하기만 하다.

지면 관계상 상술할 수 없으므로 이에 관한 이야기는 본인의 졸저 『무에서 유를 만드는 神』(一粒社) 속에 자세히 적혀 있기 때문에 궁금하신 경우 그 책을 참고해 주시기를 바랍니다.

여기에 스탈린의 인간됨을 표현하는 일화가 있습니다. 스탈린이 별장에 갔을 때의 일입니다. 한밤에 개 짖는 소리에 잠이 깬 스탈린은 "나를 잠 못 자게 하는 개는 누구의 것이냐?"라고 물었습니다. 경호원이 "근처의 개입니다"라고 대답하니까 스탈린은 "개를 찾아 때려 죽여 버려!"라고 명령했습니다.

다음날 아침 눈을 뜬 스탈린은 "그 개를 죽였느냐?"라고 물었습니다. 경호원은 "그 개는 맹인의 것으로 이미 때려 죽였습니다"라고 다시 보고하자 스탈린은 버럭 화를 내며 "그렇다면 그 맹인도 때려 눕혀!"라고 명령했고 잠시 후 두 발의 총성을 듣고는 만족했다는 이야기입니다.(버나드 핫튼의 『스탈린』에서)

스탈린 시대의 사재(死者)는 이런 식으로 묘지에 운반되었다
스탈린의 공포 시대, 헤아릴 수 없이 수많은 사람들이 죽음을 당해야 했으며, 그들은 죽어서도 이렇듯 헌 신짝만도 못한 쓰레기 취급을 당하면서 묘지로 옮겨졌다. 수레 아래쪽의 글자는 "최후의 여행"이라고 쓰여 있다.〈풍자화〉

스탈린은 남을 의심하는 병이 병적이었고 그 도가 매우 심했습니다. 어떤 보고서에는 다음과 같이 기술되어 있습니다. "스탈린은 사람을 신용하지 않는 인간이었다. ……그는 누군가를 보고 이렇게 말했다. '어찌해서 오늘 그대는 나를 똑바로 보지 못하는가?' 그는 그를 바로 보지 못한 자를 닥치는 대로 모조리 '적', '위선자', '스파이'로 몰아붙였던 것이다."

또한 다른 보고에는 어떤 간부의 발언을 소개하고 있습니다. "스탈린의 허가를 받고 친구로 초청되는 경우가 있다. 그러나 스탈린과 함께 앉아 있으면, 그 후에 어디로 끌려갈지, 또는 집으로 제대로 갈 수 있을지, 아니면 감옥에 처넣어지는 신세가 될지 도무지 분간할 수가 없었다"라는 경우가 허다했다는 것입니다.

그런데 무섭고 이해 못 할 것은, 이런 공포정치가 계속되는 도중에도 공산주의가 옳다고 믿고 있던 사람이 많았다는 사실입니다. 어떤 간부는 다음과 같이 말했습니다. "나는 취조관이 나를 체포한 이후 줄곧 심하게 고문했기 때문에 이들 취조관의 압력에 굴할 수밖에 없었는데…… 나는 어떤 음모에도 가담한 일이 없고 죄를 범한 일이 없습니다. 나는 지금까지 나의 생애를 통하여 그러하였듯이 당의 정책이 옳았던 것을 믿으며, 이렇게 죽어 갈 것입니다." 이 간부는 그 후 이틀 만에 총살당했습니다.

자화자찬의 벽(癖)

스탈린의 생존기간 중 소련 각지에서는 스탈린의 동상이 만들어져 연일 스탈린이 얼마나 위대한지를 선전하였습니다. 1948년에는 『스탈린 소전(小傳)』이란 책이 출판되었으나, 그중에 스탈린이 스스로 첨가해 쓴 대목과 스스로를 찬양하는 부분이 있었으며 흐루시초프는 이 사실을 폭로했습니다.

그 책에는 '가장 위대한 수령' '모든 시대, 모든 민족의 가장 위대한 전략가' 등의 미사려구가 여기저기 쓰여 있는가 하면, 그 중에는 자기 자신의 묘사를 다음과 같이 기술하고 있는 부분이 있습니다.

"스탈린은 당과 인민의 수령으로서 부과된 과제를 멋지게 해냈으며, 전 소비에트 인민의 지지를 완벽하게 획득하고 있었으나, 그 반면 자기 자신의 활동 중에는 자만하거나 거만하거나 자기도취의 그림자 같은 것은 조금도 엿볼 수가 없었다."

이 글귀를 본인이 직접 가필했다고 하니, 참으로 어처구니가 없는 노릇이 아닙니까?

농민 학살

이상적인 경제국가를 만들 계획이었으나, 소련은 아이러니컬하게도 거의 매년 미국으로부터 곡물을 대량 수입하지 않으면 안 될 상태였습니다. 소련 국민은 소련의 농업이 잘되지 않는 것은 소련식 사회주의 때문이라고 생각했습니다.

그래서 스탈린은 소련의 농업문제를 타개하기 위해 '농업집단화'를 내세웠습니다. 소련 농업이 잘되지 않는 것은 농촌에 남은 자본가 즉, 부농(富農)이 원인이라고 판단한 그는 이들 부농들을 절멸시키겠다고 작심하였습니다.

스탈린 시대, 러시아의 판화. 인권이 무시된 죄수들…
스탈린 시대의 강제노동 수용소와 정신치료 수용소, 형무소 등에서 사람들은 인간이 아닌 동물 이하의 비인간적인 취급을 받으면서 참담하게 죽어갔다. 여기에 인권이 있을 리 만무했다. 〈풍자화〉

　그리하여 각 곳에 집단농장이 만들어져 개인소유의 토지는 국가에 귀속되어 집단농장의 것이 되었습니다. 게다가 가축마저 빼앗아 갔으므로 농가들은 스스로 자기 가축을 도살하는 행위가 빈번하게 이루어졌습니다. 농촌 각 지대는 무리하게 농민을 '부농'과 '빈농'으로 나누어 '부농'으로 분류된 농가는 죽음을 당하지 않으면, 강제수용소에 끌려가 강제노동에 처해졌습니다.

이 정책에 의해 9백만에 가까운 농민이 농토를 빼앗겼으며
그 중 태반은 죽음을 당했습니다.

소수민족

또한 스탈린은 소수민족을 탄압했습니다. 혁명 당시의 러
시아 인구는 1억이 넘었으나 같은 민족으로서의 러시아인은
반수도 채 되지 못했습니다. 다민족(多民族)의 집합체였던 것
입니다.

스탈린 시대, 말과 인간이 이렇게 죽어갔다

앙상한 뼈만 남은 말과 피골이 상접한 수많은 인간들이 이렇게 비
참하게 죽어갔다. 스탈린 공산독재 치하에서 인간은 더 이상 인간
이 아니었다. 다만 강제노동, 학살·처형·유배의 공포가 있었을
뿐이었다.〈풍자화〉

스탈린은 여러 민족이 뭉쳐 생활하면 동족으로서 단결심이 강해져 소련 내에서 독립운동을 하지나 않을까 하는 걱정이 앞섰습니다. 그리하여 각지에 있는 소수민족들을 집단으로 이주시키는 정책을 취해 아무런 연고가 없는 먼 곳으로 강제 이주를 시켰습니다.

체첸이 그 좋은 예입니다. 체첸은 스탈린 시대에 석유를 연간 4백만 톤 정도를 산출하는 교통 운송 등 지정학상의 요충지였습니다. 스탈린 시대에 그들은 독일군에 협력했다는 이유로 중앙아시아 또는 시베리아에 집단 이주(1943~44)를 시켰습니다. 체첸은 러시아의 지배에 격렬하게 저항했습니다. 스탈린 사후 체첸인은 고향으로 돌아가는 것이 허용됐습니다만 러시아에 대한 원한과 불신은 강하기만 했습니다.

지난 1991년 11월, 체첸은 독립국가를 선언했으나 모스크바는 이를 인정하지 않았습니다. 급기야, 1994년 12월 러시아군이 체첸에 공격을 가해 내전상태로 발전했습니다. 그 후 1996년에는 평화합의가 성립되어 다음해 1월 일단 러시아군이 체첸을 철수했습니다.

그러나 독립운동은 격화되어 1999년 9월, 러시아군은 체첸에 대해 공중 폭격을 개시했습니다. 세계는 맹렬한 비난을 가했으나 적어도 쌍방에서 10만 이상의 사상자가 발생한 것으로 알려지고 있습니다. 2000년 8월에는 모스크바에「체첸 민간방위 비상사태성」이 설치되어 이를 대통령의 직할에 두는 안이

검토되고 있다고 합니다. 이처럼 소수민족 간의 충돌은 지금까지도 끊임없이 이어지고 있습니다.

흐루시초프의 비밀보고

스탈린이 죽은 지 3년 뒤인 1956년 2월 「소련 공산당 제20차 대회」가 열렸습니다. 대회 최종일에는 비공식 회의가 열렸는데, 여기에서 흐루시초프 제1서기(서기장)가 스탈린에 관한 '비밀보고'를 했습니다. 스탈린 시대에 소련이 무엇을 어떻게 일으켰는지를 보고하는 내용으로 이는 참으로 충격적이었습니다.

회의에 출석한 1,436명의 대의원은 회의 내용을 비밀로 부쳐두기를 원했으나 그 내용은 동유럽 공산당으로 흘러들어 갔으며, 미 국무성이 이를 잡고 공표했습니다. 그때까지 소련 국내에서는 비밀로 부쳐졌던 보고가 드디어 소련 국내에서까지 출판되어 많은 국민이 이를 알게 됐습니다.

스탈린이 공산당의 최정상인 서기장(書記長)에 있었던 1934년에 「소련 공산당 제17차 당대회」가 열렸으나, 이 대회에서 선임된 당중앙위원회의 위원과 위원 후보 139명 중 98명, 즉 70퍼센트가 체포 또는 총살당했다는 후문입니다.

또한 당대회의 대의원 1,956명 중 1,108명이 체포되었다고 합니다. 이들은 모조리 '인민의 적'이라는 낙인이 찍혀 비밀재판에서 사형 판결을 받자마자 즉시 처형됐던 것입니다.

스탈린 시대, 수많은 사람들이 이런 식으로 매장되었다
테러와 공포정치 시대였던 스탈린 치하에서 수많은 사람들이 이유
도 없이 죽어야 했으며, 그들은 들판의 땅 구덩이에 이렇게 묻혀
사라져 갔다. 왜 죽어야 하는지 이유도 모르면서……〈풍자화〉

이처럼 독재자 스탈린은 무제한의 권력을 쥐고 사람들의 정
신과 육체의 말살을 기도하였으며, 그의 권력의 횡포는 이루
말할 수가 없었습니다. 스탈린의 주위에 있던 사람들은 독재
자의 일거수 일투족에 생명의 위협을 느낀 나머지, 아무런 말
이나 저항을 할 수가 없었던 것입니다. 그야말로 개인숭배가
얼마나 무서운가를 일깨우는 대목이 아닐 수 없습니다. 스탈
린에만 국한된 것이 아니라 마르크스―레닌주의를 내세운 사

회주의 국가에서는 크고 작은 개인숭배가 횡행했습니다. 유고슬라비아의 티토, 알바니아의 호쟈, 루마니아의 차우체스크, 중국의 모택동, 북한의 김일성·김정일…… 등등이 그렇습니다.

이처럼 공산주의 사회에서는 정치 지도자에 대한 개인숭배가 성행하는 가운데 권력의 횡포와 독재정치가 행해졌습니다. 이러한 시대를 산 사람들은 어찌할 도리 없이 고난의 가시밭길을 걸어야만 했습니다. 지금도 세계에는 이와 같은 사회체제를 유지하고 있는 국가들이 있습니다. 성서에는 다음과 같은 말씀이 있습니다.

> 나는 무엇보다 먼저 이것을 권합니다. 그대는 모든 사람을 위하여 하나님께 열심히 기도하십시오. 왕들과 높은 자리에 있는 모든 사람들을 위해서도 그렇게 하시오. 그것은 안정되고 평온한 가운데서 경건하고 거룩한 생활을 하기 위한 것입니다. (디모데전서 2 : 1~2. '현대인의 「성경」에서')

우리들은 국가의 지도자가 얼마나 중요한지를 알지 않으면 안 될 것입니다.

소련은 동유럽 6개국에 정치적·경제적 압력을 가해 군사적으로는 「바르샤바 조약기구」 산하에 동유럽을 넣는 데 성공했습니다. 「바르샤바 조약기구」란 가맹국(구 유럽 제국) 가운데

내란이 발생하였을 때는 다른 국가들이 군사적인 개입을 할 수 있도록 되어 있는 기구입니다.

폴란드, 헝가리, 구 동독, 불가리아, 체코슬로바키아, 루마니아 등입니다. 하나님을 부정하는 공산주의의 무서움은 스탈린의 독재정치에서 잘 이해가 됐을 줄 믿습니다. 소련만큼은 아닐지는 몰라도, 공산주의의 크고 작은 무서움을 구 동유럽 제국의 사람들은 피부에 와닿는 아픔을 맛보았습니다.

헝가리 동란

흐루시초프의 스탈린에 대한 비판이 행해진 지 8개월인 1956년 10월에 소련의 위성국이었던 동유럽의 헝가리가 폭동을 일으켰습니다. 폭동의 계기가 된 것은 헝가리 공산당의 개혁을 요구한 학생 노동자의 집회에 치안부대가 발포한 것이 발단이 되었습니다.

이 폭동에 놀란 공산당은 소련에 응원을 요청했습니다. 소련군은 헝가리의 수도 부다페스트에 전차부대를 보내 침투케 했습니다. 여기에 대해 헝가리군의 일부가 응전하여 시가전이 개시됐습니다. 이것이 헝가리 동란의 발단입니다.

1956년 11월 4일 소련은 전차 2,500대, 장갑차 1,000대의 대부대를 헝가리에 침공케 했습니다. 이 때 당시의 헝가리 수상

나지는 다음과 같이 라디오 방송으로 호소를 했습니다.

"여기는 나지 이무래 헝가리 수상입니다. 금일 미명 소련군 전차가 공격을 가해 왔습니다. 헝가리의 민주주의 정부를 괴멸시키기 위해 온 것이 분명합니다. 아국의 군대는 저항을 하고 있습니다. 정부는 자리를 지키고 있습니다. 이 사실을 헝가리 전 국민과 전 세계에 전합니다."

그 당시 헝가리 시민은 사제 화염병 등으로 전차에 응전했습니다만 소련군 전차는 무차별 포격으로 헝가리군과 시민의 저항을 무찌르고 말았습니다. 이 동란에 의해 3천명의 헝가리 국민이 사망하고 20만 명이 서방으로 망명했습니다.

루마니아 혁명

1989년 12월 6일 루마니아 북서부에 위치한 데이미쇼아라 거리에서 혁명의 폭풍이 불기 시작했습니다. 헝가리계 주민이 다수 살고 있는 이 거리에서 데이케슈 개혁파 교회 목사가 비밀경찰에 의해 몽둥이 세례를 받고 강제 체포당하려 할 때 성도들이 이를 저지했던 것입니다. 이 충돌이 커져 이 소식을 들은 수만 명의 민중이 시의 중심가에 위치한 오페라 극장 앞에 집결했습니다. 당국은 고층 건물 위에서 기관총으로 일반 시민을 향해 무차별 사격을 가했습니다.

이때 3천명 이상의 사망자가 발생하고 상점은 타 버렸습니다. 광장 정면에 있던 루마니아 정교회(正敎會) 앞에는 그들 희생자를 기리는 화환과 십자가 촛대가 세워지고 기도로 봉헌하는 사람들의 발길이 끊어지지 않았습니다.

이러한 비인도적인 탄압에 대해 시민들은 봉기했습니다. 아니, 지금까지 참고 참아온 보자기의 끈이 터져 버렸다는 표현이 더 맞을지 모릅니다. 혁명의 불길은 오라데야, 크루지유, 라쇼후, 시비유우, 부카레스트로 비화되어 드디어 불을 끌 수 없는 상황이 되고 말았습니다.

불타 버린 비밀경찰본부 앞에서 병사들과 구로다 목사
루마니아 민중봉기로 차우체스크 공산독재 정권이 하룻밤만에 몰락하였다. 성난 민중에 의해 불타 버린 비밀경찰본부의 앙상한 모습이 덧없어 보인다.

그 결과, 정확히는 알 수 없으나 루마니아에서 수만 명을 헤아리는 사상자가 발생하였습니다. 저는 혁명 후 40일이 되는 날에 루마니아를 방문했습니다. 저의 기억 속에는 지금도 그때 파괴된 가옥이 너무나 선명하게 남아 있습니다.

루마니아는 동유럽에서도 가장 비옥한 토지를 갖고 있고 유전(油田)도 있는 풍요한 나라입니다. 그러나 감자 야채 곡물 등의 흉작이 계속되어 국민은 먹는 것마저 고통을 당해야만 했고, 가뭄이 발생하여 목초가 고갈되었습니다. 그것을 먹는 가축마저 잇달아 죽어 밀크, 치즈, 식육 등을 손에 넣기가 어려운 시기가 있었습니다.

한때는 반년에 꼭 한 번 가족에게 닭 한 마리가 배급된 시대도 있었습니다. 차우체스크 시대에는 상등품 식료품이나 석유는 거의 대부분 국내에 없었습니다. 언젠가 이상한 생각이 들어 나의 루마니아 친구에게 물어 봤더니 "그것은 모조리 보스(소련)가 있는 곳으로 갔다"고 말했는데, 그때 받은 인상이 아직도 깊게 남아 있습니다.

국민의 불만은 국가가 유물론 이데올로기를 신봉하고 있음에도 국민의 식생활은 빈곤을 면치 못한 데 있었습니다. 사회주의 국가를 만들려고 하는 것은 그 자체가 실로 모순 덩어리였습니다.

대통령을 비롯하여 지배계급은 풍족한 생활을 하였으나, 일반 국민과의 격차는 엄청난 것이었습니다. 게다가 그들의 정신적인 의지 기반이 되는 신앙과 인권에도 제약을 가했습니다.

저는 차우체스크 전 대통령 시대의 루마니아에는 수많은 지하교회가 존재하고 있음을 잘 알고 있습니다. 물론 그 당시에는 탄압과 박해가 거듭되고 있었습니다. 다수의 선량한 시민이 인권을 빼앗기고 투옥되거나 강제노동을 해야만 했습니다. 저는 지금까지 20회 이상 루마니아를 방문한 관계로 그곳에 많은 친구가 있습니다. 만약 여기에 그들의 비극적인 체험담을 소개하자면 지면이 모자랄 것입니다.

이처럼 동유럽 제국에서는 지금으로서는 감히 상상도 할 수

루마니아, 1990년 1월 혁명 직후 부카레스트 시내의 국영 TV방송국 앞에서
1990년 1월 루마니아 혁명 직후 수도 부카레스트 시내에 있는 국영 TV방송국을 장갑차를 앞세운 루마니아 병사들이 경비하고 있다. 루마니아 혁명에서 병사들은 인민의 편에 섰다.

없는 일이 일어났던 것입니다. 이와 같이 많은 사람들이 실의
의 밑바닥에 있을 때 기적 같은 대변혁(大變革)이 일어났습니
다. 그것은 100년에 한 번 있을까 말까 할 정도의 역사적인 대
전환 즉 소련·동구권의 붕괴였습니다. 그러나 루마니아 이외
에는 대부분 피를 흘리지 않은 무혈혁명이었습니다.

과거의 역사를 되돌아보면, 우리는 지배하는 측과 지배를
당하는 측과의 사이에 미움과 대립이 있었음을 알 수 있습니
다. 그러나 1989~91년의 혁명은 지금까지의 것과는 크게 다
른 것이었습니다.

그리하여 이 혁명을 통하여 사회주의는 붕괴의 길을 걷게
되었고, 유럽이 대유럽으로의 발판을 만들기에 이르게 되었습
니다. 도대체 이를 누군들 상상이나 할 수 있었던 일이었겠습
니까? 역사는 확실히 살아 움직이고 있습니다.

베를린 장벽

루마니아의 혁명이 있기 얼마 전인 1989년 11월 9일, 베를린
의 장벽이 하룻밤 사이에 무너졌습니다. 독일의 서와 동을 27
년 간이나 분단했던 비극의 벽은 전장이 155킬로미터에 달했
습니다.

서방측에서는 콘크리트의 벽만이 보였습니다만, 실제는 그

벽의 동쪽 베를린에는 폭 100미터 이상의 분리대가 있어 벽을 넘어오려는 자는 같은 독일 병사에 의해 사살당해야만 했습니다.

분리대에는 철로 된 망이나 고랑이 설치되어 있어 경비견이나 감시탑에 의해 24시간 감시가 계속되었습니다. 장소에 따라서는 자동사격장치가 설치되어 불심자(不審者)가 앞을 가로지르면 자동적으로 총이 발사되도록 설치되어 있었습니다. 또한 지뢰도 묻혀 있었습니다. 감시탑만 302곳이 있었고 감시병이 1만 4천명에다가 감시견은 600마리나 됐습니다.

그런데도 동독의 병사 574명을 포함하여 5,043명이 서방으로 탈출하는데 성공하였습니다. 그러나 239명이 경비병에 의해 사살되었다고 합니다. 이 비극의 드라마가 종료되는 데는 27년이라는 기나긴 세월이 경과해야만 했습니다.

새로운 장막이 열리다

그렇다면 왜 베를린의 장벽이 만들어졌습니까? 아돌프 히틀러에 의해 주도된 나치스 독일은 유럽 각지에 아픈 손톱 자국을 남기고 패망했습니다. 그 결과 패전국 독일은 4개국에 의해 분할 점령되었습니다. 엘베 강의 동측에 위치했던 베를린은 지리적으로는 소련 점령지역에 들어 있었습니다만 수도였기 때문에 4개국의 공동관리하에 들어갔던 것입니다.

베를린 시내 동측은 소련군, 서측은 미국, 영국, 프랑스가 지배했습니다. 분할 점령된 수도 베를린을 어느 국가가 지배하느냐를 놓고 미국, 프랑스, 영국의 3개국이 소련과 수시로 대립했습니다.

당시 소련은 베를린 전체를 어떻게 하든 자신의 영향력하에 놓으려 했습니다. 그래서 소련은 일방적으로 베를린의 벽을 만들었던 것입니다. 그것이 비극의 씨앗이 되어 동서 유럽 분단의 상징이 되었습니다.

독일은 서와 동으로 양분되어 동독은 소련의 점령 관리하에 놓여지고, 서독은 프랑스, 미국, 영국의 3개국의 점령 관리하에 놓였습니다. 서독에서 동독으로 들어가는 데는 육로로는 3개의 아우토반(고속도로)과 철도밖에 허용되지 않았습니다. 공로(空路)로는 진주군 3개국의 비행기밖에 비행이 허용되지 않았고, 독일의 루프트한자 항공은 자국 내를 비행할 수 없는 상태였습니다.

1948년 6월부터 49년 5월까지 11개월 간 서베를린이 스탈린에 의해 봉쇄되는 사태가 벌어지자 서독은 미군 수송기를 동원하여 식량은 물론 일상 생필품 일체를 공수하여 위기를 극복했습니다만, 이때 서베를린의 시민 180만 명은 쓰라린 고통을 맛보지 않으면 안 되었습니다. 공수 외의 수단이 허용되지 않았던 육지의 고도(孤島)인 베를린으로서는 엄청난 시련이었습니다. 이 같은 쓰라린 경험에서 서베를린은 6개월에서 10개월 간의 식량 의료품 등의 생필품을 시내 250개소에 비축하게 됐습니다.

독일이 이처럼 갈기갈기 분단된 데에는 그 배경이 있습니다. 독일이 제1차와 제2차 세계대전을 일으키고, 유럽을 위협하며 맹위를 떨치는 가운데 막대한 손해를 입혔기 때문입니다. 더욱이 나치스 독일은 6백만 이상의 유대인을 학살했습니다. 세계는 이 같은 독일의 힘을 크게 두려워한 나머지 어떻게 하든 악몽의 재연을 막으려 했던 것입니다.

베를린 장벽의 붕괴는 이러한 상태에 종지부를 찍고 동서 유럽의 새로운 장을 열게 했습니다.

역 사

역사를 논할 때 일반적으로 세 가지의 사고방식이 있다고 합니다. 그 하나는 역사는 반복해서 일어난다는 것입니다. 동양에서는 역사는 어느 주기에 따라 반복된다는 생각이 있습니다. 말하자면 일정한 사이클이 있어 반복된다는 것입니다.

다음으로 역사는 여러 가지 사건이 중복되어 이루어진다는 생각입니다. 독일어에서 역사를 'Geschichte'라고 말합니다만, 이는 'Ge'와 'Schichte'의 두 단어의 합성어입니다. 'Ge'는 다시

(再) 겹친다는 뜻을, 'Schichte'는 암반(巖盤) 또는 암석(巖石)의 층을 의미합니다. 따라서 독일인은 하나의 사건이 일어나면 다음에 또다시 사건이 일어나 이렇게 해서 여러 차례 겹쳐서 이루어지는 것이 역사라고 생각한 것 같습니다.

또 다른 하나는 역사에는 출발과 동시에 목표지점(goal)이 있다는 견해입니다. 이것은 히브리적인 관점에서 가르치는 역사관(歷史觀)입니다. 역사란 시간의 시작이 있는 동시에 역사가 지향하는 목표지점이 있다는, 다시 말하면 시간을 일직선상에 놓고 생각하는 시각입니다. 이것은 이해하기에는 대단히 쉬운 생각입니다.

유대인에게 "신은 어디에 있느냐?"라고 물으면, "시간의 가운데 존재한다"라고 답하는 것을 들은 적이 있습니다. 우리들의 신관(神觀)은 언제나 눈에 보이는 물체만을 상상하기가 쉽습니다. 신을 모시는 선반이나 제단에 절을 하거나 몸에 지니는 부적 따위가 이를 잘 말해 주고 있습니다. 그러나 곰곰이 생각해 보면 창조주가 되는 신은 인간이 손으로 만들 수 있는 대상이 아닌 것만은 분명합니다.

신은 역사 속에 개재해 있고, 역사 가운데 살아 있어야 할 까닭이 있습니다. 동유럽의 이데올로기 사상이나 그 결과 무서운 사회주의 시대의 사건들은 역사 가운데 있는 엄연한 사실입니다.

역사를 히브리적인 관점에서 볼 때 신은 일어나는 사건을 미리 알고 계실 뿐만 아니라, 이들 사건을 신의 마스터플랜 속에 넣어 두고 계시다는 사실도 알 수가 있습니다.

20세기는 혁명으로 시작하여 혁명으로 막을 내렸습니다. 이데올로기의 붕괴, 국가의 소멸, 냉전의 종결, 그리고 유럽이 새로운 거대한 대유럽으로 향하는 시나리오는 사실상 신의 마스터플랜 안에 있는 것입니다.

우리는 역사적으로 일어난 과거의 사실을 확인할 수가 있습니다. 동시에 그것을 신의 마스터플랜에 비추어 함께 생각해 볼 수 있습니다. 마찬가지로 이는 미래에 대해서도 적용될 수 있는 이야기입니다.

왜, 이데올로기는 붕괴했는가?

20세기의 유럽 역사는 지금까지 생각해 온 바와 같이 실로 파란만장한 것이었습니다. 오늘날의 시대도 마찬가지입니다만 옛날 사람들도 평화를 희구하여 이상사회를 실현하기 위해 여러 가지 슬로건을 내세웠습니다.

그처럼 번영하였던 헬레니즘 시대와 로마·희랍 사회도 붕괴했습니다. 더욱이 현대는 인간의 영지(英知)를 자랑하는 시대가 되었습니다. 그러나 인간은 진정한 평화를 손에 넣어 본 적이 있다고 말할 수 없습니다. 그렇다면 어디에 평화의 이상

사회가 있는 것일까요? 우리들은 이 물음에 답하기에 앞서 왜 20세기의 이데올로기가 붕괴했는지를 생각할 필요가 있습니다. 다음 세 가지 점에 사회붕괴의 원인이 있지 않을까요?

먼저, 창조주가 부정된 데 있습니다. 지금까지의 세계는 히브리 문화와 헬레니즘 문화의 두 가지의 조류 가운데서 역사의 시간이 진행되어 왔습니다. 히브리 문화란 성서를 토대로 한 문화로서 유태민족의 움직임 가운데 볼 수가 있습니다.

유일신인 창조주 신에 의해 모든 것이 시작되고 만들어지고 그리고 지배된다는 생각입니다. 그런 점에서 성서는 천지창조에서 시작하여 인류사에 일어나는 제 현상과 발전 그리고 장래에 대한 예언적인 것마저 기술하고 있습니다. 말하자면 성서는 창조신을 축(軸)으로 하여 전개되는 세계관(世界觀)입니다.

한편, 헬레니즘 문화는 이와는 정반대로 신을 인간사회와 인생설계에 넣지 않는 세계관입니다. 이것은 멀리는 기원전의 바빌로니아 사회나 로마·희랍 사회를 위시하여 최근에는 사회주의 이데올로기까지를 포함합니다.

말하자면 신이 아니고 자기들만의 노력, 지식, 경험으로 가능하다는 생각입니다. 신을 제외한 채 인간의 영지(英知)로 이상사회를 만들겠다는 생각입니다. 그것이 세계 역사의 주류이며 전쟁, 혁명, 새로운 이데올로기, 새로운 종교의 탄생을 반복해 왔습니다. 그리하여 오늘날에도 많은 사람들이 그 연장선상에서 달리고 있는지도 모릅니다.

이 헬레니즘 문화는 차츰 에스컬레이트하는 과정에서 위험성을 내포하고 있습니다.

그것은 사람이 신이 되고 독재자가 된다는 것입니다. 일본도 제2차 세계대전 중에는 천황폐하를 살아 있는 신으로 신사참배를 비롯해 천황숭배를 강요했습니다. 독일은 아돌프 히틀러라는 독재적 지도자가 출현하여 인류사에 희귀한 홀로코스트 사건을 일으켰습니다. 소련에서는 스탈린을 비롯한 독재자가 출현했습니다.

다른 동유럽 제국에서도 같은 독재정권이 수립되어 인권의 압박과 혼란, 신앙의 자유 박탈 등으로 암흑의 사회가 되고 말았습니다. 인간이 생각해 내는 사상이나 이데올로기에는 결국 한계가 있습니다. 사람의 사상이나 욕망이 서로 다르듯이 사람이 사람의 마음을 만족케 하는 것은 기본적으로 결코 용이한 일이 아닙니다.

지금까지 약 27년 간 소련과 동구권의 선교를 해 오면서, 저는 이러한 사회붕괴의 최대 원인은 창조신을 사회와 인생설계의 한가운데에 넣지 않은 데 있다고 생각합니다. 성서 가운데는 다음과 같은 이야기가 있습니다.

옛날 로마 황제 시대 이야기입니다. 헤롯 왕은 왕복을 입고 왕좌에 앉아 민중을 향하여 연설을 했습니다. 그러자 민중은 "신의 소리다. 인간의 소리가 아니다"라고 소리를 지르며 계속 외쳤습니다. '그러자 주의 사자가 곧 헤롯을 쳤다. 헤롯이 영광을 하나님께 돌리지 아니하는 고로 충(蟲)이 먹어 죽으니라'(사도행전 12 : 23)로 되어 있습니다.

히브리적인 관점을 알지 못하는 사람들은 어찌해서 하나님은 저렇게 무서운 분인가 하고 의아하게 생각할 것입니다. 그러나 하나님께 영광을 돌리지 않는다는 사실은, 어떤 결과를 가져온다는 것을 역사는 가르치고 있습니다. 소련·동구권에 있어서 신을 부정한 지도자가 비극적인 최후를 맞이한 예는 허다하며 그것은 역사 속의 진실로 남아 있습니다.

둘째로 들 수 있는 사회붕괴의 원인은 신을 부정하는 사회에서 신의 축복을 멀리함으로써 경제적인 축복을 잃어 버리고 만 것입니다. 그러한 좋은 예가 구 유럽사회입니다. 그들은 물질을 구하였으나, 오히려 그들의 이상과는 달리 물질이 부족하게 되는 사태가 빚어졌습니다.

소련에서는 경제가 극심하게 정체된 나머지 서방측과의 격차가 계속 벌어지기만 했습니다. 국민은 서방측의 정보에 접하여 자국의 모순을 알고 있었으나 언론의 자유가 인정되지 못했습니다. 갈 곳이 없는 국민은 술로 불만을 삼켜야 했습니다. 그것은 도수가 높은 보드카였습니다.

노동자 중에는 보드카를 마시며 일하는 자가 많았으며, 그것이 직장에서 사고가 빈번히 발생하는 원인이 되었습니다. 또한 대낮부터 알코올을 마시는 자들도 속출했습니다. 고르바초프는 이러한 악폐를 일소하기 위해 절주(節酒) 캠페인을 벌려 보드카의 생산을 제한했습니다.

그 결과 보드카를 구하기 위해 국민은 자택에서 밀주(密酒)를 만들기 시작했습니다. 그 때문에 설탕이 필요했고 국민은 제가끔 설탕을 상점에서 사들이는 소동이 벌어져 한때는 소련 국내 상점에서 설탕이 동이 날 지경이 되었습니다. 술의 판매가 줄어들어 국가의 주세가 감소되자 소련은 또다시 심각한 재정난에 빠졌습니다.

한편, 국가의 재정난 중에서 군사비 지출은 국민 총생산(GNP)의 17~18퍼센트를 써야만 했습니다. 이는 소련의 해체 전에 고르바초프 자신이 언급한 숫자로서 미국 국방성이나 중앙정보국의 전문가가 발표한 추정액으로 확인됐습니다.

일본의 군사비 지출비율은 1퍼센트 정도이며 미국은 6퍼센트 정도임을 감안할 때, 이것이 얼마나 높은 수치인지를 짐작할 수가 있습니다. 따라서 국민의 부엌 살림은 위기에 빠져 물질사회와는 거리가 먼 빈곤사회로 전락하고 말았습니다.

소련은 광대한 영토를 보유하였고, 동유럽 제국 역시 비옥한 토지를 보유하고 있을 뿐만 아니라 석유도 생산하는 국가들입니다. 원래대로라면 크게 혜택받은 국가들임에도 불구하고 어찌해서 경제발전이 늦어져 가난한 나라가 되고 말았습니까? 하나님을 부정한 결과입니다.

사회붕괴의 제3의 원인은 이러한 이데올로기를 가진 국가의 지도자가 그리스도 교회와 성직자에게 극심한 박해와 압박을 가했다는 사실입니다. 이것은 결코 작은 문제가 아닙니다.

히브리 문화의 관점으로 보게 되면 하나님의 교회와 성직자에 대해 가한 박해는 하나님에게 행한 행위가 되는 것입니다. 이스라엘 민족이 걸어온 발자취와 그의 역사를 읽게 되면 거기에 하나의 원칙을 발견할 수가 있습니다. 그것은 하나님에게 등을 돌리는 자는 반드시 벌을 받는다는 것입니다. 역사를 간섭하시는 창조신은 실제로 매우 단순한 원칙을 갖고 계십니다.

나는 그것을 소련·동유럽 제국에서 듣고 또한 보아 왔습니다. 소련·동유럽 국가들이 붕괴되고 벌써 10년이라는 세월이 흘렀음에도 아직도 사람들은 혼미를 거듭하고 괴로워하고 있습니다. 사람들은 이것을 부(負)의 유산이라고 외치고 있으나 히브리적인 관점에서 보면 신의 원칙이 거기에 살고 있다는 사실을 확인할 수 있는 것입니다.

다시 말하면, 이 세상은 눈에 보이는 차원의 세계와 육안으로 확인할 수 없는 세계가 따로 있는 것이 확실합니다. 히브리적인 관점에서 우연이라든가 가끔이라는 말로 설명할 수는 없습니다. 가령 육안으로 확인할 수 없을지라도 영적(靈的)인 원칙을 세워 맞추는 것은 가능한 일입니다. 공산주의, 사회주의, 무신론 이데올로기 등을 내세우는 국가들은 영적인 원칙에서 보면 하나님의 축복에서 먼 곳에 있는 것입니다.

팔레스타인에서 시작한 그리스도의 복음은 먼저 당시의 세계 대국이었던 로마로 건너가 드디어 구라파가 그리스도 교로 교화되었습니다. 그리하여 그리스도의 복음은 서쪽을 돌아 진전하여 갔습니다. 이전에 영국이 세계를 지배한 시대에는 가장 많은 선교사를 해외에 파송한 시대였으며 국내에서도 교회가 번창한 시대였습니다.

지금의 시대는 미국이 세계를 선도하고 있습니다만 미국에서도 많은 그리스도교 선교사가 해외에 파견된 사실을 기억하시기 바랍니다. 신의 원칙(룰)은 실은 단순하여 누구든지 쉽게 이해할 수 있습니다.

이렇게 생각하면, 소련·동유럽의 이데올로기 붕괴는 당연히 일어날 것이 일어났다고 이해해도 될 것입니다. 즉, 성서에 입각한 히브리적인 관점에서 보는 눈을 가져야만 합니다.

이것은 금후의 세계의 동향, 또는 작게는 개인의 인생에도 적용되는 문제입니다. 이와 같이 역사를 히브리적인 관점에서 통찰하는 것이야말로 이제부터 우리가 해야 할 매우 중요한 과제가 되는 것입니다.

Ⅱ. 나의 공산권 전도

운명의 만남

당시 독일 유학생이었던 저는 한 친구의 권유로 서독의 구수도 본에 있는 모 교회에서 소련으로부터 귀환한 독일인 크리스천들이 모여 예배 보는 장소에 가본 적이 있습니다.

예배에 출석하고 있던 대다수 사람들은 수십 년이란 세월을 시베리아 수용소에 갇혀 있던 사람들입니다. 저는 무심코 그들과 악수하면서 그들의 손바닥 피부가 그처럼 두꺼운 데 새삼 놀랐습니다.

남루한 옷을 입은 이들 귀환한 독일계 크리스천들은 설교가 시작되자 고개를 끄덕이며 '다……'(예) '다……'란 러시아어를 연발하며 연신 눈물을 흘리고 있었습니다.

예배 후 65세 가량 보이는 한 남자가 저에게 다가와서 저의 손을 붙잡고 눈물을 글썽거리며 말했습니다. 저는 이 노인이 이야기한 말을 지금도 똑똑히 기억하고 있습니다.

수용소에서는 남녀의 구분 없이 30센티미터 굵기에 3미터나 되는 통나무를 메어야만 했습니다. 그들의 어깨 피부가 저의 발바닥 피부보다 더 굳어져 있는 것이 바로 이러한 중노동 때문이었습니다. 임신 중인 부인도 용서 없이 강제노동에 처해졌다고 합니다. 그리하여 많은 임산부들이 죽어 갔다는 것입니다. 그렇게 이야기하는 그는 눈에서는 수정 같은 눈방울이 뚝뚝 떨어지며 그칠 줄 몰랐습니다.

일년 중 5개월을 눈과 얼음 사이에 갇혀 있는 생활이란 상상을 초월했습니다. 겨울에는 영하 50도에서 60도까지 내려간다고 합니다. 그것은 우리들 가정용 냉장고 내의 온도의 몇 배에 해당되는 추위입니다. 이러한 악조건 속에서 죄수들인 그들에게는 자유가 있을 수 없습니다. 부인들에게는 견디기 힘든 가혹한 육체노동과 어린아이들을 먹여야 할 먹거리를 구하는 고통 때문에 말할 수 없는 고난을 겪어야만 했습니다.

이와 같은 환경과 사회적인 배경에서 독일로 돌아온 그들이 자유의 몸이 되어, 더욱이 교회 안에서 예배를 볼 수 있게 되었다는 것은 그야말로 꿈만 같은 일이 아닐 수 없습니다. 하나님은 분명히 당신의 계획 속에 이들 백성을 장중(掌中)에 넣어

다스리고 계심을 확인했습니다.

시베리아에서는 하나님을 알지 못하거나 희망을 잃은 사람들 중에는 발광을 하거나 자살을 시도한 사람이 적지 않았습니다. 그러나 신앙은 암흑 속에서도 인간에게 의욕을 불어넣어 주고 용기와 희망을 가져다 주는 법입니다. 저는 구 소련에서 살아남은 이들 생존자들의 '사도의 사명을 다한 살아 있는 간증'에서 참으로 충격적인 깊은 감동을 받았습니다.

그 후 시간이 지나 28년이란 세월이 흘렀습니다만, 저와 구 소련에서 온 사람들과의 교류는 지금까지 계속되고 있습니다. 그때 그 일이 있은 후, 저는 이들을 향한 무거운 짐과 관심을 갖게 되어 당시 구 소련의 국가들에 대하여 좀더 깊은 내막을 알아야겠다는 결심을 했습니다. 이것이 제가 이들 국가에서 기독교 전도를 시작하는 동기입니다.

빌리 브란트의 동유럽 정책

1970년대 초 당시 구 서독 정권을 쥐고 있던 SPD(사회민주당) 정권은 빌리 브란트 수상을 수장(首長)으로 동구정책을 수행하고 있었습니다. 빌리 브란트 수상은 지난날 구 서베를린 시장을 지냈고, 그 당시 동유럽 정책에 공적을 크게 세운 국가 지도자입니다. 그 후에 그는 노벨 평화상을 수상하였고, 1992년에 사망했습니다. 그의 동유럽 정책에 의해 해마다 7 내지 9만 명의 독일인이 구 소련, 루마니아, 폴란드 등 각국에서 귀환했습니다.

이들 독일인의 선조들은 지금부터 약 200년 전인 「에 에리나 2세」의 시대에 개척민으로 이들 나라에 이민 간 사람들입니다. 그들은 대다수가 농부였습니다. 그들은 근면한 독일인의 성격대로 황량한 땅을 열심히 개간하고 농작물을 재배하여 마침내 그들이 개간한 땅에 정착할 수가 있었습니다.

이들 이민 온 대다수의 사람들은 프로테스탄트(신교)인 나이트파나 프레자랜파나 밥티스트파의 기독교인이었습니다. 그들은 이들 국가로 이민 올 당시 성서를 갖고 가는 것을 잊지 않았습니다. 뿐만 아니라, 현지의 생활은 성서를 중심으로 한 신앙이라 해도 과언이 아니었습니다.

이들 대다수 가족은 어린이가 보통 8명에서 10명, 많은 데는 15명 정도나 되는 대가족입니다. 어린이가 많은 이유는 이미 기술한 바와 같이 당시는 농업사회였으므로 많은 노동인구가 필요했는데다가 자녀는 하나님이 주시는 선물이라는 종교적인 이유 때문이었습니다. 농업은 어디까지나 기후와 자연 조건에 크게 좌우되기 때문에 그들의 신앙은 더욱 돈독해지고, 외로운 이국 땅에서 하나님을 더욱더 섬기는 생활이 되었습니다. 따라서 그들의 어린아이들에게까지도 이와 같은 조상들의 신앙이 계승하게 됐습니다.

제가 감탄한 것은 그들이 200년이라는 긴 세월을 이국 땅에 살면서도 자신들의 언어와 문화를 보전하고 독일인의 의식을 갖고 살아 왔다는 것입니다. 일반적으로는 3대 내지 4대가 되면 대체적으로 현지에 동화(同化)되기가 일쑤인데 이민 온 독일계 사람들은 그렇지 않았습니다.

빌리 브란트 수상은 거액의 독일 마르크를 지불하면서 이들 독일계의 사람들을 본국으로 귀환하는 정책을 세워 이를 추진해 나갔습니다. 1970년에서 1980년에 걸쳐 당시 독일 마르크의 위력은 대단했습니다. 외화 부족으로 고통을 받던 구 소련이나 동구권 국가들로서는 이 독일 마르크가 얼마나 탐이 났는지 상상하고도 남음이 있습니다.

어른과 어린이를 평균해서 한 사람당 약 2,000마르크(당시의 한국 돈 200만 원 정도)의 돈을 독일 정부가 지불한 셈입니다. 따라서 어린이가 8명 있는 가정이라면 부모를 합하여 2,000만 원이 드는 셈입니다. 바꾸어 말하면, 구 소련이나 동구권 국가들은 독일 마르크로 독일계 사람을 매각처분했다는 말이 됩니다.

그뿐만 아니라, 독일 정부는 귀환한 동포들에게 어학공부를 하게 했고 직업과 주거소개를 받게 했으며, 새로운 토지를 주고, 주위환경에 적응될 때까지 2~3년 간에 걸쳐 사회보장을 받도록 했습니다.

예를 들면, 직업을 갖기까지 실업(失業)보험이 주어져 본인과 가족의 생계가 유지되게 했습니다. 각 나라에서 쓰던 억센 독일 사투리를 버리고 표준 독일어를 배우게 한다든지, 어린이들이 학교에 가서 독일 교육에 잘 적응하도록 여러 가지 배려를 했습니다.

특히, 이들 SPD가 집권할 당시에는 사회주의 면에서 대단한 공헌을 했던 시대입니다. 당시 독일에 있었던 저로서는 이와 같은 모습을 목격하고 조국 일본과는 너무나 대조적인 현실에 놀라기도 하고 부러워하기도 했습니다. 구 소련에서 돌아온 귀환자 수는 해마다 늘어갔고, 또한 이들의 대부분은 하나님을 경외하는 크리스천이었습니다. 그러나 역으로 말하면, 이들이 크리스천이었기 때문에 더 많은 박해를 받게 되는 결과가 되기도 했던 것입니다.

무신론주의 사회와 종교박해

무신론 사회에서 크리스천이라는 존재는 대단한 문제가 되었습니다. 신앙을 가진 사람에게는 신앙을 버리도록 강요당했고, 당국은 무신론주의를 신봉하도록 압력을 가했습니다. 어른은 물론 어린아이들에게도 고통스러운 나날이었습니다. 그들을 가르치는 학교 수업은 모두가 무신론에 입각한 교과내용 전부였습니다.

초등학교에 들어간 어린이는 자동적으로 「피오니엘」이라는

‘공산당 소년단’에 가입하게 되어 있습니다. 가입하지 않는 어린이들에게는 온갖 모양의 미움과 따돌림을 당합니다. 「피오니엘」의 소년들은 목에다 커다란 리본을 걸고 공산주의 사상으로 철저히 세뇌를 당했습니다.

학생들이 중학교에 들어가면 「콤소몰」(공산당 청소년단)에 가입하게 됩니다. 당시로서는 공산당이 아니면 고등교육을 받는 것은 불가능했습니다. 크리스천은 대학에 진학하지 못하게 되어 있었고, 공산당원이 아니고는 학교 교사나 의사나 변호사 같은 직업을 가질 수가 없었습니다.

놀라운 것은, 그러한 상황 속에서도 사람들이 신앙을 버리지 않았다는 사실입니다. 아니, 탄압과 박해가 가해지면 가해질수록 오히려 그들의 신앙은 더욱 굳어져 갔습니다.

저는 구 소련에 들어가 그들을 찾았을 때 대단한 충격을 받았습니다. 무신론 사회에서 하나님을 믿고 있었던 사람의 수가 수백, 수천, 아니 수만 명이나 된다는 사실을 알았기 때문입니다.

당시의 소련 사회에는 정부가 공인한 공인교회와 공인하지 않은 소위 미공인교회(지하교회) 등의 두 가지 형태의 교회가 있었습니다. 공인교회의 지도자들은 먼저 예외없이 KGB(국가비밀정보국)와 깊은 관계를 유지하고 있었습니다.

따라서 그 회당 내에서 한 말이나 신자들의 동향은 끊임없이 당국에 보고되고 자유가 속박되었습니다. 목사가 일요일에

말하는 설교의 원고는 매주 목요일까지 「종교국」에 제출되어
야만 했고, 원고 내용은 모두 사전 검열을 받아야만 했습니다.
만약 원고 내용에 "그리스도는 구세주의 신"이라는 말이 하나
라도 있으면 이 부분은 영락없이 삭제되고 대신 맑스나 레닌
이야말로 구세주라는 말을 하도록 강요당했습니다.

그리하여 "이것은 이 세상의 율법이지, 하나님의 율법은 결
코 아니다"라는 신념 아래 크리스천들 대다수는 지하로 들어
갔습니다. 박해의 파도는 이들이 지하교회에 모이기 시작하면
서부터 일기 시작했습니다.

지하교회의 크리스천들의 집회는 당국의 눈으로 보면 위법
이었습니다. 기도회를 여는 것도 금지되어 있었습니다. 물론,
18세 미만의 미성년자에게 종교교육을 하는 것은 엄격히 금지
되어 있었습니다. 그러나 많은 크리스천들은 어떤 수단으로든
지 하나님의 말씀을 이들 아이들에게 가르쳐 전수하고 싶어했
고, 열심히 정신적인 교육을 했습니다.

그들의 집회는 밤늦게 개인 집에서 비밀리에 열렸습니다.
혹은 마을에서 수 킬로미터 떨어진 숲 속에서 열리기도 했습
니다. 또는 아침 5시에 숲 속에 있는 호수에서 침례식이 이루
어지기도 했습니다. 이런 식의 비밀집회가 여기 저기서 열리
다 보니 자연 KGB가 크리스천들의 뒤를 따라다니게 된 것입
니다.

이로 인해 많은 크리스천들이 박해를 받고 시련을 겪었습니

다. 1917년의 러시아 혁명에서 1986년의 페레스트로이카까지 약 30만 명의 크리스천, 목사, 전도사, 장로들이 투옥되어 죽음을 당하였다고 저의 친구인 요셉 본다랭코 목사는 말했습니다. 심지어 스탈린 시대에는 약 7,500만 명의 인명이 죽어 갔다고 이야기합니다. 히틀러의 유태인 학살 수가 대략 650만이라고 합니다만, 이들의 열 배나 되는 숫자입니다.

무신론주의는 신의 존재를 인정하지 않을 뿐만 아니라 인간의 인격을 말살하려 합니다. 무신론자는 인간을 인간으로 대하는 것이 아니라 마치 동물이나 도구로 취급합니다. 무신론주의에 따르지 않는 사람은 차례로 체포되어 수용소에 들어가 중노동에 처해지고 저항 분자는 살해되었습니다. 이는 참으로 비인도적인 잔혹한 행위였습니다.

그러나 성서에는 박해에 의해 신앙의 빛을 끄게 할 수는 없다고 말하고 있습니다. 아니, 박해를 가하면 가할수록 그들의 신앙은 더욱 단련되고 굳어져만 갔습니다.

소련 시대의 어느 전도사

여기서 한 사람의 인물을 소개하겠습니다. 독재자가 맹위를 떨치고 있던 소련의 사회주의 시대에도 물론 선량한 시민이 있었습니다. 더욱이 신이 존재하지 않는다는 국가에서, 눈에 보이지 않는 하나님을 믿고 인생을 용감하게 살아 온 사람들이 적지 않았습니다.

여기에 19세기 말부터 약 1세기에 걸쳐 소련에서 고난의 인생을 살아 온 전도사가 있습니다. 그의 이름은 요한 야곱 파우스트입니다. 그는 1886년 4월 28일 보루가 지방의 마리엔타르에서 태어났습니다.

그의 부친 야곱은 1862년 서프로이센 시에서 러시아로 이주하여 최초의 아내와의 사이에 6명의 자식을 두었으나, 그의 아내 바바라가 데려온 그녀의 최초의 남편에게서 태어난 아이가 4명이 있어 도합 열 명의 자녀가 있은 셈입니다. 요한 야곱 파우스트는 그 중의 한 사람이었습니다.

그런데 요한의 가족은 대단히 가난하여 그가 공부를 하려해도 공부를 할 수 없는 시대였습니다. 더욱이 그는 사회주의 이데올로기에 희망을 두는 것이 아니라 성서에 희망을 두었습니다. 때문에 그의 최대 소원은 성서학교에서 성서공부를 하는 것이었습니다.

그 자신은 저축한 돈이 없었으나 어느 날 독지가가 나타나 그에게 금전적인 원조를 제공하게 되었습니다. 그리하며 1911년에서 2년 간 그는 스위스의 세인트 크리스티나 성서학교에서 공부를 할 수가 있었습니다. 그는 만년에 그때가 그의 긴 인생 중 가장 즐거웠던 시절이었다고 회상했습니다.

1913년 3월 요한은 러시아로 돌아가 아가테와 결혼을 했습니다. 그들은 일곱의 아이를 얻었으나, 그 중 여섯 명은 일찍 죽고 딸 하나만 살아 남았습니다. 그는 1913년부터 31년 간 메노나이트 부라제렌 교회의 목사가 되어 교회에서 설교를 하며 청년회를 이끌었고 성가대 지휘자로서도 활약했습니다.

그러나 그가 살던 시기는 러시아 혁명을 일으킨 레닌, 스탈린, 흐루시초프 등의 공산당 지도자가 지배하고 있던 시대였습니다. 공산주의 시대에 그리스도교의 전도자로서 또한 신앙의 지도자로서 요한이 겪어야 했던 고통과 박해는 이루 헤아릴 수 없을 정도였습니다.

흐루시초프의 「비밀보고」만 들어 보더라도 당(黨) 이외의

레닌 동상
1917년 볼셰비키 공산혁명을 이끈 직업적 혁명가 레닌. 이후 러시아와 동구권 전역에서 잔혹한 기독교 탄압의 역사가 시작되었다. 그러나 70여 년이 지난 뒤 세계 도처에서 "산은 무너지고 동상은 파괴되고 깃발은 내려졌다."

것에는 얼마나 비참하고 잔혹했는지는 상상을 초월할 정도입
니다. 그 이야기를 다 하자면 세계 어느 책에도 그것을 다 기
록하지 못할 것이라고 하면서, 나의 러시아 친구는 이렇게 말
하였습니다.

"당시에는 밤이 오는 것이 그렇게도 불안하고 두려울 수가
없었습니다. 누구든지 고요히 잠든 밤중에 돌연 집 문을 노크
하는 소리가 있어 나가 보면 KGB 요원이 서 있고, 집안 사람
들에게는 아무 말도 하지 않고 연행해 갑니다. 연행한 다음에
는 다시는 돌아오는 법이 없습니다."

스탈린 시대의 소련에서 이러한 일은 비일비재한 다반사였
습니다.

나의 친구인 게르하르트 햄 씨는 1999년 12월 하늘 나라에
갔습니다만 그도 시베리아의 수용소에서 25년 이상이나 강
제노동의 고역을 당해야 했던 사람 중의 하나였습니다. 그뿐
만 아니라, 그는 당시 지하에 잠복하고 있던 침례교 지하교
회의 전도사였기 때문에 항상 KGB에게 미행당해야만 했습
니다.

언젠가 그는 몸에 위험을 느끼고 3개월씩이나 집에 돌아올 수
가 없었습니다. 그는 그의 부친에 관해 다음과 같이 말했습니다.

"어느 날 밤 돌연 KGB가 들이닥쳐 부친을 연행해 갔습니다.

그 후로 우리들은 아버지의 얼굴을 뵙지 못했습니다. 부친이 어디에 묻혔는지조차도 알 도리가 없었습니다."

침례교와 부라제렌 교회 교파만으로도 하룻밤에 5만 명의 남자들이 사라진 예도 있었다고 합니다. 도대체 얼마나 많은 사람이 처형됐는지 알 수가 없습니다. 적어도 8백만 정도는 처형되고 강제수용소에 끌려갔다고 합니다. 그 숫자가 1,200만에서 1,500만에 이른다는 견해도 있습니다. 정확한 숫자는 하나님만이 아실 것입니다.

그런데 요한은 13년의 결혼생활 후 처가 먼저 세상을 떠났습니다. 1927년 그는 재혼하여 딸 하나를 두었습니다. 1930년대 초기에는 대규모의 개인재산 몰수라는 사태가 벌어졌습니다.

그는 모든 재산을 몰수당했을 뿐만 아니라, 그 자신 성직자였기 때문에 1931년에 극동의 시베리아에 유형(流刑)되었습니다. 그리하여 그는 아내와 딸과 함께 극한지대인 시베리아에서 25년 간이나 강제수용소에 수용됐습니다. 물론, 그 기간 동안 그는 한 번도 예배를 볼 수가 없었습니다.

그가 겪은 고통이란 상상을 초월할 수가 없을 정도였습니다. 그 후 그는 카자흐스탄의 카라간다로 이주하여 농장일에 종사하였던 관계로 교회 봉사를 계속할 수가 있었습니다. 그에게는 그 시간이 참으로 즐거운 시간이었습니다. 그러나 양쪽 눈의 시력을 차츰 잃어버려 마침내 그는 실명하고 말았습니다. 그리하여 그는 아내가 성서를 읽어주는 가운데 설교를 계속하였던 것 같습니다.

설상가상으로, 1976년에는 그가 그토록 사랑했던 아내마저 세상을 떠났습니다. 그 후 그는 카세트 테이프 녹음기에 설교를 불어넣어 성도들을 계속 격려했습니다. 그는 95세가 되던 그의 생일에 편안히 하늘 나라로 불려 갔습니다. 그는 자신의 생애를 돌아보고 다음과 같이 요약 기술했습니다.

너의 길을 여호와께 맡기라. 저를 의지하면 저가 이루시고 네 의를 빛같이 나타내시며 네 공의를 정오의 빛같이 하시리로다. (시편 37 : 5~6)

"괴로움을 당할지라도 나의 인생은 행복하다"라고 말할 수 있는 사람이 진정 행복한 사람이라고 생각합니다. 사람은 같은 인생이 주어져 있음에도 어떻게 받아들이느냐에 따라 큰 차이가 있습니다. 도대체 어디에 그 차이가 있는 것일까요?

게르하르트 햄 전도사의 증언

저의 친한 친구인 게르하르트 햄이라는 세계 순회전도사는 이렇게 말했습니다.

"러시아는 피와 눈물로 가득 메워진 땅입니다. 혁명 이후의 러시아에 대해 말하자면 그야말로 피와 눈물 없이는 말할 수가 없습니다. 그만큼 많은 사람들이 하나의 이데올로기 때문에 고통 속에 눈물을 흘리고 목숨을 빼앗겨야만 했습니다. 희생당한 그들의 정확한 숫자는 아직도 아무도 알지 못합니다."

1992년 저는 시베리아의 우랄 산맥 산록에 있는 사하르트 시를 찾은 적이 있었습니다. 인구 약 5만의 쥐죽은듯이 조용한 이 마을은 예전에 수용소가 있던 지역입니다. 그 근방 약 350킬로미터 떨어진 곳에 50개가 넘는 강제노동 수용소가 들어차 있었습니다. 각 수용소에는 각각 1천 명의 죄수가 들어가 있었고 우랄 산맥에서 채취한 광물을 매일 파내는 일에 종사하고 있었습니다. 스탈린은 이 우랄 산맥 옆으로 구 시베리아 철도를 부설하였고 지금도 시베리아 철도의 잔해가 이곳 사하르트 시에 남아 있습니다.

한여름 7월인데도 이곳 기온이 섭씨 12도 전후였습니다. 그리고 백야(白夜) 현상 때문에 밤에도 어두워지지 않고 희미하게 밤낮을 분별하기가 어려운 날들이 계속되었습니다. 저는 현지인의 안내를 받고 구 시베리아 철도가 남아 있는 곳을 찾아가 보았습니다. 마을에서 약 2킬로미터 떨어진 곳에 한 폭의 평원처럼 펼쳐진 평야가 있었습니다. 그런데 그곳에 마치 엿가락처럼 굽어진 철로의 궤도가 옆에 늘어져 있는 것을 목격

엿가락처럼 굽어 휘어지고 파괴된 시베리아 철도
이 철길을 놓기 위해 공산치하에서 수많은 사람들
이 죽어갔으며, 그들의 시체가 이 철도 밑에 묻혀
있다.

했습니다. 어찌해서 이처럼 됐는지 의심스러워, 알고 보니 그 주변은 소위 툰드라 지대로서 습기가 많은 토양 때문에 지반이 침하되어 이러한 현상이 일어났다는 것입니다.

안내한 사람의 말에 의하면, 이 지하 2미터 지점은 아직도 꽁꽁 얼어붙어 있는 상태인데, 스탈린은 이 철도를 부설할 당시 그 밑에 수많은 죄수들을 매장하여 만들었다고 했습니다.

지금이라도 이 지점을 파내면 지난날의 죄수들의 유골을 찾아낼 수가 있다고 합니다.

이 사하르트 시에는 시영 박물관이 있습니다. 툰드라 지대의 건물들은 목조 가옥으로 지어져 이 지역의 습기찬 기후와 불안정한 지반에 적합하다고 합니다. 2층집 건물의 박물관에는 당시의 수용소 사진이나 의복 등의 유품이 진열되어 있습니다. 저는 이곳을 방문하고 큰 충격을 받았습니다. 여기에서 무참하게 부서진 두개골의 사진을 비롯하여 차마 눈뜨고 볼 수 없는 광경을 목격했기 때문입니다. 저는 "인간이 사는 세상에 이런 끔찍한 일이 어찌해서 일어날 수 있단 말인가?"라고 자문하며 탄식했습니다.

어찌되었든 스탈린 시대에는 앞서 이야기한 대로 하룻밤 사이에 5만 명이나 되는 남자들이 쥐도 새도 모르게 사라져 갔는가 하면, 지금까지도 소식이 없다는 것입니다. 저의 친구 야곱 에소우라는 전도사는 지난 12년간 크리스천의 신분으로 형무소에 들어가 있었는데 형무소 안에서 만난 친구로부터 다음과 같은 이야기를 들었다고 합니다.

"어느 때 감자를 하나 훔쳤다는 이유로 3년의 실형을 받은 죄수가 있었습니다. 그러나 그는 감자를 훔친 것이 아니라 밭에 떨어져 있는 것을 주어온 데 불과했습니다. 그러나 그는 훔친 것으로 단정되어 3년의 형을 받고 형무소에 들어온 것입니다."

여하간 스탈린 시대는 이러한 시대였습니다. 현대를 사는 우리들로서는 도저히 이해가 가지 않는 사실들이 과거의 역사 속에 현실로 존재했던 것입니다.

이렇게 기막힌 상황하에서도 크리스천들은 형무소나 수용소의 생활이나 일반생활 속에서도 지하로 잠입해 가며 신앙생활을 계속했습니다. 지난날 그리스도교가 전파될 당시 로마제국은 그리스도교를 박해하여 성서가 불살라지고 크리스천 성도들을 지상에서 아예 없애 버리려는 움직임이 있었습니다.

그러나 넘어진 것은 그리스도교가 아닌 로마제국이었으며, 로마제국은 마침내 그리스도교를 국교로 선포했습니다. 지난날 칼 맑스는 "종교는 아편이다"라고 말했습니다. 말하자면, 종교가 갖는 힘을 누구보다도 잘 이해하고 있었던 것은 바로 공산주의자 자신들이었습니다.

칼 맑스와 이데올로기

저는 1972년에서 76년까지 구 서독의 트리아 대학에 유학하고 있었습니다. 이 트리아 시에는 칼 맑스의 생가(生家)가 있었습니다. 당시는 페레스트로이카가 있기 전인지라 열성 공산당원이 세계 각지에서 이 맑스의 생가를 방문하고 있었습니다. 중국과 일본에서 온 열렬한 공산당원들이 「맑스 하우스」에 있는 방명록에 한자(漢字)로 서명한 것을 기억하고 있습니다.

맑스는 소년 시절을 이곳 트리아 시에서 살았습니다. 이 트리아 시는 기원전 14년에 생겼으며 로마 시대의 유적이 많이 남아 있는 독일 고대의 아름다운 마을입니다. 모젤 강을 가로지른 오래된 로마교, '검은 문'이라고 불리는 포르타니크라, 경

서시베리아, 폐허가 된 교회의 참담한 모습
러시아 공산혁명 이후 기독교는 참혹하게 탄압받고 교회는 불타 폐허가 되었다. 공산주의자들에게 "종교는 아편"이었고, 유물론은 기독교를 가차없이 파괴해 버렸다.

기장 유적을 지닌 코르세움 야외 음악당, 또는 로마가 힘을 기울여 만든 공중위생시설 등이 말하듯이 로마는 도시계획을 참 잘했다고 합니다. 이곳을 찾는 관광객에게는 산뜻하게 세워진 트리아 시의 곳곳을 다 돌아보기에도 시간이 부족할 지경이라고 합니다.

그런데 트리아 시는 압도적으로 가톨릭 세력이 강한 마을입니다. 시민의 약 95퍼센트가 가톨릭이라고 합니다. 맑스는 교회가 역사 속에 풍요의 상징으로 군림하며 가난한 농민의 혈세를 거두어들이는 모순을 보아 왔음에 틀림이 없습니다. 교회의 부(富)와는 별개로 일반 시민의 생활은 향상되지 않은 채 고통의 연속이었습니다. 모젤 강 주변의 포도밭에서 일하는 농부의 생활은 참으로 고생스러웠습니다. 젊은 맑스의 뇌리에는 그때의 모습이 깊이 못박혀 있었음에 틀림없었을 것입니다. 교회의 부정적인 면을 직시한 그는 드디어 영국에 건너가 공산주의 사상을 낳게 되는 결과가 되었습니다.

맑스가 말한 대로 이 같은 종교의 힘을 가장 두려워했던 사람은 다른 누구보다도 무신론주의자들이었습니다. 세계 각국을 여행할 경우, 입국시 휴대품 검사에서 서방측의 국가는 마약과 총기에 관심이 가장 많습니다. 반면, 무신론 국가의 경우 그들이 가장 두려워한 것은 총이나 마약이 아닌 성서였습니다.

성서가 사람을 변화시키는 힘을 지녔다는 사실을 그들은 너무나 잘 알고 있었기 때문입니다. 따라서 성서가 이들 구 소련이나 동유럽 국가에 반입될 시 예외없이 모두 몰수당하는 것은 바로 이 때문이었습니다. 성서는 확실히 사람의 인생을 변화시키고 또한 국가마저 변화시키는 힘이 있음을 그들은 다른 누구보다도 잘 알고 있었습니다.

따라서 페레스트로이카가 있기까지 세계는 동서의 대립이었고, 이데올로기의 대립이었습니다. 다시 말하면, 신의 존재를 인정하는 사람과 인정하지 않는 사람과의 대립이었다고 해도 과언이 아닐 것입니다. 이것에 의해 세계는 이분화되어 있었습니다. 그러나 현재는 이러한 좌표축이 완전히 무너져 버렸습니다. 왜냐하면, 신을 인정하지 않는 사회주의 제국가는 안으로부터 붕괴됐기 때문입니다. 국가의 붕괴는 외부가 아닌 내부에서 왔습니다.

심취했던 공산주의자는 구 소련에 있어서 약 5퍼센트 정도에 불과했다고 합니다. 국민은 이들 소수의 지도자들에 의해 움직여졌던 것입니다. 이들 소수에 의해 수없이 많은 사람이 괴로움과 고통과 박해 속에 살아야 했기 때문에 그들 국가가 풍요롭게 될 리가 만무했습니다.

공산권 붕괴 후, 우리들은 이들 국가의 경제상황을 보고 서방측과의 격차가 20년에서 30년, 아니 40년 이상 벌어져 있음을 확인할 수 있었습니다. 그러나 지금 생각하게 되면 이것은 결코 기이한 것은 아닙니다. 지난 저의 학생시절은 공산주의 사상의 전성 시대였으며, 공산주의 국가야말로 세계의 이상국

(理想國)인 파라다이스를 만들 수 있다고 부르짖었습니다. 그러나 우리들은 신을 인정하지 않는 이데올로기의 거짓을 역사 속에서 확인할 수 있었습니다.

아놀드 로-제 세계 순회전도사

시베리아 강제노동 수용소

아놀드 로-제 전도사는 1929년 우크라이나에서 태어났습니다. 그의 선조는 「에 카」 시대에 독일에서 개척민으로 우크라이나로 이주했습니다. 그때로부터 공산주의자에 의한 1917년 「러시아 혁명」까지는 실로 풍요로운 평화의 시대였습니다. 그러나 경건한 크리스천이었던 로-제 가족으로서는 「러시아 혁명」은 실로 악몽과도 같았습니다. 전술한 바와 같이 독일에서 이주한 대다수의 사람들은 개신교인 나이트, 밥티스트, 프레자랜 각파의 신실한 크리스천들이었습니다.

우크라아나로 이민 갈 당시 이들은 성서를 지참해 갔습니다. 그들은 살아 역사하시는 하나님께서 그들과 동행하고 계심을 굳게 믿고 있었습니다. 이렇게 해서 정착한 그들이 가장 먼저 시작한 일은 예배당을 세우는 일이었습니다. 그때까지는 평화의 날들이었습니다. 그러나 평화의 시대는 길게 지속되지 못했습니다. 로-제가 태어난 다음해 그의 부친은 그리스도교 전도사라는 이유 때문에 체포되어 로-제 일가는 따뜻한 우크라이나 지방에서 극한지대(極寒地帶)인 시베리아의 수용소로 이송되고야 말았습니다.

로-제 전도사 부친에 대한 판결은 종신형이었습니다. 시베리아로 보내진다는 것은 사실상 사형선고를 의미하는 것이나 다름이 없습니다. 그 이유는 간단합니다. 따뜻한 지방의 생활에 익숙한 사람을 극한지대로 보내면 추위와 굶주림에 의해 곧 죽고 말기 때문입니다.

시베리아의 수용소는 판자로 만든 바라크식 소형 건물로서 겨울에는 섭씨 영하 65도까지 기온이 내려갑니다. 어느 때, 신의 존재를 인정하지 않은 공산주의자들이 다음과 같은 말을 했습니다.

"너희들이 믿고 있는 신이 과연 시베리아에서 너희를 얼마나 도울지 두고 볼 것이다. 너희들은 살아서 시베리아에서 나올 수는 없을 것이다. 그 땅이 너희들의 묘지가 되기 때문이다."

그러나 로-제 전도사의 부친은 시베리아로의 종신형이 언도되었을 때 매우 침착하게 자식들을 불러모아 다음과 같이 말했습니다.

"내가 믿고 있는 신은 실패하는 분이 아니시다. 시베리아에는 하나님을 알지 못하는 사람이 수천 수만 있을 것이다. 사랑하는 아들 딸들아! 그리고 아내여! 놀라지 말라. 조용히 있어라. 이것이 하나님이 이끄시는 길이다. 하나님은 결코 실수를 하시는 분이 아니시다. 우리들은 하나님이 이끄시는 길을 따르자!"

그리하여 로-제 전도사의 가족은 시베리아로 이송되게 됐습니다. 그러나 그의 모친은 그때, 성서를 갖고 갔습니다. 그 당시 성서는 모두 몰수되기 때문에 몰래 성서를 갖고 간다는 것은 여간 어려운 일이 아니었습니다. 로-제 전도사의 부친은 어린이 15명을 지하실에 불러모아 작은 성서를 한 장 한 장씩 찢어내어 어머니가 입고 있는 옷 속에 넣어 바늘로 누볐습니다. 신체검사 시에 감지되지 않도록 하기 위함이었습니다.
시베리아로 가는 데는 한 달 이상이나 걸렸습니다. 그들은 마치 가축이나 짐승처럼 화차에 넣어 운반되었습니다. 여행도중 배는 늘 비어 있는 상태였습니다. 입고 있는 것 외에는 아무것도 갖고 갈 수가 없었고 그나마 누더기로 변했습니다. 로-제 전도사는 이렇게 말했습니다.

"당시 우리들에게 주어진 음식은 극히 소량의 소금에 저린 생선(청어)뿐이었습니다. 그래도 저희는 이것에 감사했습니다. 물이 없어 목이 말라도 어쩔 수 없었습니다. 홀쩍 옆을 보니 화차 철격자의 볼트에 얼음이 붙어 있는 것을 보았습니다. 우리 아이들이 물이 먹고 싶어 목이 타는지라 참다못해 그 얼음을 혓바닥으로 녹여 보려고 혀를 갖다대는 순간, 혀가 얼음에 딱 붙어 버렸습니다. 무리하게 혀를 때려다가 혓바닥이 찢어져 화상을 입은 것 같은 통증을 느낀 경험을 지금도 잊지 못합니다. 그때 우리들이 아파서 울며 소리칠 때, 부모님은 하나님께 기도를 해주셨습니다. '아이들아! 조용히 해라. 이것이 하나님이 이끄시는 길이니라. 하나님은 우리들을 이끄시려는 곳에 데려다 주실 분이시다.'

시베리아에 당도하니 온도가 섭씨 영하 45도였습니다. 우리들이 화차에서 내렸을 때 아버지는 먼저 그 장소에 무릎을 꿇고 양손을 올려 기도를 했습니다. '사랑하는 하나님, 당신께서 여기에 계시는 것을 저희는 감사드립니다. 저희는 참으로 알지 못합니다. 하나님, 당신께서 이러한 추위를 만드신 것을, 이러한 기막힌 시베리아를 만드신 것을 저희는 알지 못합니다. 당신의 자비와 은총을 저희에게 내리어 주시옵소서!'"

로−제 전도사는 아직 어린아이였던 그 시절을 회상하며 다음과 같이 말을 이어 갔습니다.

"우리들이 잠을 잘 때는 뒤집어쓸 모포 한 장 없었습니다. 죄수용의 조잡한 골방 속에 깔아 놓은 짚이 고작이었습니다. 그 위에 옆으로 누어 짚을 덮고 잠을 자는 것이었습니다. 우리들은 때때로 너무나 추워 밤중에 눈이 떠지곤 했습니다. 추위에 견디다 못해 부모님께 뭔가 이야기하고 싶은 생각 때문에 지푸라기를 끌어모으려 했습니다. 그런데 어렴풋이 눈앞에 부모님이 하나님께 열심히 기도하고 있는 모습을 보게 됐습니다.

방 한쪽 구석, 아버지가 마주 보는 상대 쪽에는 어머니가 무릎을 꿇고 기도를 올리고 계셨습니다. 두 분 사이에 우리 어린 이들이 잠자고 있었습니다. 양쪽에서 부모님은 양손을 치켜든 채 열심히 기도하시는 것이었습니다. 눈과 얼음으로 부모님의 머리는 이미 하얗게 되어 있었고 하염없이 흘러내리는 어머님의 눈물은 곧 얼음이 되어 양쪽 뺨에 얼어붙어 있었습니다. 부모님은 하나님으로부터 은혜받기를 원해 기도를 했습니다. 그런데 참으로 감사한 것은 우리들 가족 중에는 단 한 사람도 동사한 사람이 없었습니다. 저 자신, 이 사실의 산 증인입니다.”

로-제의 지하교회

결국 로-제 전도사는 이처럼 가혹한 수용소에서 27년이나 살았습니다. 그는 옛날을 회고하면서 다음과 같은 이야기를 했습니다.

“저에게는 소년 시절이라는 것이 없었습니다. 젊은 시절을 수용소에서 보냈기 때문입니다. 그때 기억나는 여러 가지가 있습니다. 어느 때는 아버지가 어디로 가시는지 궁금하여 아이들과 뒤따라가 본 적이 있는데 간 곳은 다름 아닌 아버지가 기도를 하는 곳이었습니다. 아버지는 무릎을 꿇고 시베리아 땅에 계시는 전능하신 하나님께 간절히 기도를 하고 계셨습니다. 기도를 마치고 아버지가 일어선 지면에는 눈물로 젖어 있었습니다.

어머니도 기도를 자주 하셨습니다. 기도하는 장소를 찾아가서는 성심을 다해 기도를 했습니다. 어머니는 배가 고파 괴로워 우는 우리 아이들의 모습을 더 이상 볼 수 없었던 것입니다. 사실 저는 40년 간 단 한 번도 배불리 먹어본 적이 없습니다. 그래서 만복(滿腹)이란 것이 어떤 것인지 저는 알지 못했습니다.

또한 자유 속에서 산다는 것조차 어떤 것인지 잘 모릅니다. 어머니는 마음과 정성을 다해 하나님의 도우심을 간구하는 기도를 올렸습니다. 우리들의 27년 간 시베리아 수용소 생활은 오로지 우리들 부모님의 기도에 의해 의지되었다 해도 과언이 아닙니다.”

로―제 전도사의 생활은 그 후에도 가난의 연속이었습니다. 더욱이 당국의 엄한 탄압에도 굴하지 않고, 오히려 그러한 박해 속에서 더욱 하나님을 믿고 의지하여 부친처럼 그리스도를 성실히 믿는 성도가 되고, 마침내 지하교회의 강력한 지도자가 되어 선교활동에 몸을 바치게 됐습니다.

　그는 여러 차례 숲 속에서 비밀 집회를 열었습니다. 섭씨 영하 20~30도의 추위 속에서도 그리스도인의 집회를 열었으며 그 때마다 사람들이 모여들었습니다. 어떤 사람들은 20~30킬로미터 멀리 떨어진 곳에서 걸어와서 동참하기를 원했습니다.

　어느 때, 크리스천들의 비밀 가옥에서 집회를 열고 있을 때입니다. 돌연, 경찰들이 박차고 들어와 집회를 중단시키며 몇 차례고 해산을 시켰습니다. 젊은 여성들은 머리카락이 나꿔채인 채 방에서 내쫓겨 얼음이 어는 냉방으로 처넣어진 적도 있었습니다.

　한 번 집회에 나가는 것만으로 어떤 사람은 벌금형으로 1개월 급료가 지불되지 못했습니다. 한 가정에서 5~6명이 출석하여 전원이 벌금형의 언도를 받았다고 하면 어느 정도의 액수가 되겠습니까? 그럼에도 많은 사람들이 희생을 지불하고 집회에 출석했습니다. 고난과 박해가 기다리고 있었으나 사람들은 그리스도교 집회에 계속 모여들었습니다. 이는 사람이 진실로 구하는 것이 바로 이곳에 있었기 때문입니다.

　로－제 전도사는 지하교회의 지도자로서 몇 차례고 당국에 소환되었습니다. 소환될 때마다 이번에는 무슨 이유로 추궁을 받을 것인가 불안한 때가 있었습니다. 심문대 의자에 앉게 한 뒤 눈을 부라린 10~15명의 담당계원들이 그를 둘러싸고는 그에게 앞뒤로 사정없이 몽둥이 세례를 가하는 것이었습니다. 그의 손은 부들부들 떨렸고, 그가 그때까지 머릿속에 생각했던 것이나 지식은 어디론가 날아가 사라져 버려 아무런 도움도 못 되고, 대꾸도 하지 못한 상태가 됐습니다.

인간은 참으로 약한 동물로서 극한의 상황에 빠지면 전후 사정을 까맣게 잊어 버리거나 잃어 버리고 마는 경우가 있습니다. 그러한 상황 속에서 로－제 전도사가 할 수 있는 것은 단 한 가지, 오직 하나님에게 도움을 청하는 일뿐이었습니다.

"제가 지금까지 저 자신의 지식만을 의지하고 살아 온 것을 용서해 주시옵소서. 하나님이시여, 저는 당신께 간구할 자격도 없는 몸입니다. 그러나 자비를 베풀어 주실 당신께서는 제가 지금 어디에 어떻게 처해 있는지 잘 알고 계십니다. 제발 저에게 은혜를 베풀어 주시옵소서!"

로－제 전도사가 기도를 마치면 이상하리만큼 필요한 생각들이 다시 떠오르는 것이었습니다. 지금까지 생각하지 못한 성서의 말씀이 기억이 났습니다. 심지어 자기를 위해 기도해 준 많은 크리스천들의 모습이라든지, 예수님의 모습이 눈앞에 몇 번씩이나 떠올랐습니다. 그때 그는 '하나님은 결코 나를 버리지 않으셨다'라는 확신을 얻었던 것입니다.

로－제 전도사는 수없이 몸을 구타당했습니다. 양손, 양발이 묶인 채 독방에 집어넣어지기도 했습니다. 그러나 그러한 가운데서도 그는 위대하신 살아 계시는 하나님께 기도를 드렸습니다.

"하나님, 어떻게 하시든 당신의 사랑을 저들에게 불어넣어 주시옵소서! 저들은 저를 잡아다가 손을 뒤로 묶었습니다. 그러나 하나님이시여! 당신의 거룩한 사랑으로 그들을 반드시 붙잡아 주시옵소서!"

이러한 기도가 계속된 후 이상하게도 하나님의 사랑이 작용하였는지, 로―제에게 박해를 가한 자 중에서 신앙을 갖게 되고 하나님을 믿는 자가 생겨나는 기적이 일어났습니다.

어느 때는 한 경찰관이 와서 집회를 해산시켰습니다. 그 후에도 그는 두세 차례 와서 집회를 해산시켰습니다. 이처럼 집회방해를 반복하던 그가 어느 날 갑자기 그 이상 크리스천의 집회를 방해하지 않게 됐습니다. 그는 이런 생각을 했던 것입니다.

"나는 이제 더 이상 어찌할 수가 없다. 여기에 모인 사람들은 아무런 죄도 없는 사람들이다. 우리들은 이들을 때려 매질을 했다. 그러나 그들은 노하거나 발광하지도 않았다. 반항하고 있는 모습도 보지 못했다. 그들 속에는 틀림없이 무엇인가 다른 것이 있음에 틀림없어! 우리들이 갖고 있지 않는 힘을 그들이 믿는 신으로부터 얻고 있는 것이 분명해!"

로-제 전도사는 시베리아에서 27년이나 긴 생활 끝에 라트비아의 리가로 옮겨졌습니다. 거기서도 그는 지하에 잠입하여 그리스도교의 선교 활동을 계속했습니다.

KGB를 움직인 '거룩한 사명'

리가라는 곳에 푸헨코우라는 KGB의 높은 지위에 있는 한 사람이 있었습니다. 어느 일요일 크리스천들이 성찬식을 하기 위해 모였을 때, 갑자기 집문이 열리더니 푸헨코우가 들어왔습니다. 그는 사자 같은 목소리로 마구 외쳐댔습니다.

"너희들은 무슨 일로 여기에 모였느냐? 밖으로 당장 나가라!"

그러고는 경찰관들에게 로-제 전도사를 체포할 것을 명했습니다. 그런데 명령을 받은 경찰관이 로-제와 전도사들이 들어 있는 방으로 들어가려 하지 않았습니다. 그들은 기독교인들이 신령으로 기도하고 있는 곳에 발을 들여놓으려 하지 않았던 것입니다. 뿐만 아니라, 그 경찰관 자신도 두려운 나머지 몸을 움직이려 하질 않았습니다. 푸헨코우는 자기 영(靈)이 서지 않자 그 자신 집회실에 들어가 책상 위에 놓인 빵과 포도주를 뒤집어엎어 버리려 했습니다. 그때 로-제 전도사가 큰소리로 외쳤습니다.

"제발, 가까이 오지 마십시오. 하나님이 당신을 벌하실 것입니다. 그러한 짓을 하면 당신은 지옥에 떨어지고 맙니다." 그 소리를 듣고 놀란 그는 눈을 크게 뜬 채 그 장소에서 두 발자국 뒤로 물러섰습니다.

"우리들을 그대로 놓아주십시오. 당신이 원한다면 우리들 스스로 당신들이 있는 곳으로 가겠습니다."

그는 로-제에게 외쳤습니다.

"로-제! 만약 이 땅이 불이 붙어 다 타 버린다 하더라도 너는 우리들로부터 도망치지 못한다. 너는 지금 내 수중에 있는 것이다. 너는 이 내 손에서 결코 빠져나가지 못한다. 나는 너를 쓰레기처럼 내 손안에 넣어 부서 버릴 것이다!"

그러자 모였던 크리스천 전원이 무릎을 꿇고 성심으로 하나님을 향해 기도를 올렸습니다. 마루바닥은 이미 눈물로 가득 찼습니다. 거기에 있던 사람들은 라트비아어가 아닌 러시아어로 기도를 했습니다. 무서운 그 자를 위해 기도를 하고 있을 때, 그는 돌연 "나를 위한 기도는 하지 않아도 좋아! 나를 위해서 기도를 하지 말란 말이야!"라고 외쳤습니다.

더 이상 집회실에 그대로 있을 수가 없었던 그는 경찰관을 데리고 밖으로 나가 버렸습니다. 로-제는 그때 "우리의 기도가 그를 드디어 움직였다. 나는 쓰레기처럼 되지도 않았고, 잡혀가지도 않았고, 감옥에 처넣어지지도 않았다"라고 말했습니다.

이처럼 아놀드 로-제의 파란만장한 인생은 필설로 다 할 수 없는 지경이었습니다. 그러한 그가 1971년 구 서독과 구 소련과의 국가적인 교섭에 의해 독일계 이민으로서 조국에 돌아오도록 허락되었습니다. 그러나 그것은 결코 우연한 일이 아닙니다. 하나님의 깊으신 배려가 있었기 때문입니다.

독일에 이주해 온 로－제 일가는 구 수도 본에 정착하게 됐습니다. 저는 몇 차례 그의 집을 방문하고 그 집에 머물기도 했습니다. 그와의 사귐이 깊어가는 동안 저는 구 소련과 동유럽 국가들에 대한 사역(使役)의 책임을 느끼게 되었고, 이들 국가에 대한 선교활동을 시작하기에 이르렀습니다.

저는 아놀드 로－제 전도사와 알게 되면서부터 많은 영적 양식을 얻었습니다. 이 한 사람의 러시아계 독일인과의 만남이 저의 인생을 크게 바꾸어 놓았습니다. 박해와 고난이 있는 가운데 많은 물질을 필요로 하는 사람들을 원조하는 것은 하나님의 뜻이라는 확신을 가졌습니다. 어느 때 예수님께서 말씀하셨습니다.

……너희가 여기 내 형제 중에 지극히 작은 자 하나에게 한 것이 곧 내게 한 것이니라……. (마태복음 25 : 40)

우리들이 예수 그리스도를 알려고 하면 그의 고난을 제하고는 알 수가 없습니다. 고통 중에 있는 사람을 돕고 원조하는 사람은 예수님의 고난을 깨닫는 것이 되는 것입니다. 결과적으로 그 사람은 축복을 받게 되는 것입니다.

저 자신도 지금에 이르기까지 이러한 일에 관여하여 많은 수확을 얻었습니다. 저에게 있어 아놀드 로-제 전도사는 일생일대의 벗입니다. 지금까지도 그와 친교를 계속할 수 있는 것을 하나님께 감사하고 있습니다.

지금의 로-제는 30년 전과 마찬가지로 러시아에서 나온 때와 같이 구 소련의 동포들에게 원조를 계속하고 있습니다. 주로 성서나 신앙서, 식료품, 의류 등을 대형 트럭에 실어 이들 국가에 보내는 데 많은 수고를 하고 계십니다.

그는 저 시베리아에서의 활동과 조금도 다름없이 '거룩한 사명감'에 넘치고 있습니다. 여기서 저는 사명감에 넘치는 인간의 힘이 얼마나 강하고 위대한 것인지를 확인할 수가 있습니다. 그의 인생은 참으로 파란만장했습니다.

그러나 그로부터 저를 더욱 깨닫게 하는 것은 그는 자기 인생에 대해 불만이 전혀 없다는 것입니다. 고통과 고난이 있을지라도 그 속에서 살아 역사하시는 하나님과 더불어 함께 걸어가는 생활에 언제나 감사하고 있다는 것입니다.

여교사와 어린이

여기 실제 있었던 실화를 하나 소개하겠습니다.

구 소련에서는 무신론자가 아니면 교사(敎師)가 될 수 없습니다. 유신론자, 즉 크리스천은 학교에서 교육자가 될 수 없을 뿐만 아니라, 크리스천이라는 것을 알게 되면 고등학교, 대학이라는 고등교육을 받을 수도 없습니다. 아무리 능력이 있어도 의무교육만으로 더 이상의 학교와는 인연을 끊어야 하며 곧바로 직업 전선으로 나가야 합니다. 따라서 학교 교사는 거의 모두가 무신론자였습니다. 초등학교에서부터 매주 1시간은 무신론 교육에 대한 수업이 있으며 「피오네일」(공산당 소년단) 훈련이 가해지고 있습니다.

　여기서 기억해야 하는 것은 이 나라에서는 어린이들은 부모의 소유가 아니라 국가의 소유물이라는 사실입니다. 어린이는 국가의 보배이며, 미래를 짊어질 그들이 국가가 내세우고 있는 이데올로기에 순종하여 어린 시절부터 철저히 훈련을 받도록 합니다. 부모가 자기의 신념이나 생각에 따라 자기 어린이에게 그리스도교 교육을 하는 것은 허용되지 않는 것입니다.

　여기 나오는 이야기는 모스크바 교외에 있는 작은 초등학교에서 일어난 일입니다. 그 학교에 여교사가 담당하는 하나의 학급이 있었습니다. 여교사는 어린이들에게 여러 가지 각도로 신이 존재하지 않는다는 것을 설명하고 최종적으로 다음과 같은 말을 했습니다.

　"유리 가가린 소령이 우리 국가를 대표해서 인공위성을 타고 달나라로 향하고 달에서 지구를 봤을 때 '지구는 너무나 작고 푸르렀다. 그리하여 신은 존재하지 않았다'라고 말했습니다. 따라서 지금의 시대에 신이 있다고 믿고 있는 사람은 시대에 뒤떨어진 비과학적인 사람들입니다."

30명 정도의 어린이들은 선생님이 말하는 것에 열심히 귀를 기울이고 있었습니다. 교사는 어린이들에게 한 말에 퍽 만족한 나머지 신이 존재하지 않는다는 인상을 강하게 주어 그 수업의 성과를 더욱 높이려 말을 계속했습니다.
"자! 그러면, 주먹을 불끈 쥐고 '신은 없다'라고 세 번 외칩시다."
'신은 없다! 신은 없다! 신은 없다!'라고 교사는 주먹을 세 번 높이 올려 외쳤습니다. 어린아이들 역시 순진하게 교사가 말하는 대로 세 번씩 따라 했습니다. 그런데 손을 올리지 않은 한 소년이 있었습니다. 교사의 시선이 그에게 머물렀습니다. 그 교사는 그 아이에게 다가갔습니다.
"너는 어찌해서 손을 올리지 않았느냐?"
"선생님, 저는 하나님이 있는 것을 믿고 있습니다. 그러므로 하나님이 없다고 말하며 손을 올릴 수가 없습니다."
이처럼 무신론 교육을 열심히 해 왔는데 자기 반에서 신을 믿는 어린이가 있다는 것은 교사로서는 도저히 납득이 가질 않았습니다. 그리하여 교사는 무엇인가 소년을 설득시키려 했습니다. 그 소년 한 사람을 상대로 격론을 벌였습니다.

"알겠어요. 우리들 국가에는 과학자도 우리들 교사도 신이 없다고 가르치고 있어요. 신이 있다는 것은 시대에 뒤떨어진 생각이에요."

그랬더니 소년이 순진하게 묻는 것이었습니다.

"선생님, 선생님이 말씀하신 대로 만약 정말로 신이 없다면 선생님은 누구를 향하여 세 번씩이나 주먹을 높이 쥐고 외쳤습니까?"

이 말을 들은 교사의 얼굴이 한순간에 빨갛게 되었습니다. 두 사람의 입씨름을 흥미롭게 지켜보던 아이들이 교사가 '골탕먹은' 것을 알고 "와아!"하고 함성을 질렀습니다.

아이들에게 놀림감이 되어서는 안 되겠다고 생각한 교사는 다시 강단에 올라 학급의 아이들을 향하여 또 한 번 신은 없다라고 열띤 연설을 했습니다. 그리하여 "이제 알겠지요? 신은 없습니다. 자아, 다시 한 번 '신은 없다'라고 함께 외칩시다" 하고 어린이들에게 재촉했습니다.

어린이들은 전과 마찬가지로 교사와 함께 '신은 없다! 신은 없다! 신은 없다!'를 세 번 외쳤습니다.

그래도 그 소년은 '신은 없다'라고 말하지 않았습니다. 그는 어린 시절부터 지하교실의 주일학교에 출석하여 하나님이 계시는 것을 마음으로 믿고 하나님을 사랑하고 하나님에게 순종하고 있었던 것입니다. 그는 여교사가 말하는 어떤 말에도 미혹되지 않았습니다.

이처럼 완고한 소년을 눈앞에 보게 된 교사는 차츰 화가 났습니다. 그는 재차 그 소년 옆으로 가서는 이렇게 말했습니다.

"너는 아직 손을 올리지 않았는데, 도대체 어찌됐길래 선생님이 말하는 것을 듣지 않고 손을 올리지도 않았느냐?"

소년은 교사의 거칠어진 말에 두려움도 없이 조용히 대답했습니다.

"선생님, 저는 크리스천입니다. 하나님이 계시는 것을 진실로 믿고 있습니다. 따라서 하나님이 없다는 것은 아무래도 말할 수가 없습니다"라고 하면서 이어,

"선생님, 가가린 소령이 인공위성을 타고 달나라까지 가서 달에서 지구를 보니 신이 없다고 말했다면서요."

"그래 확실히 그랬어."

"그런데 선생님, 성서 속에는 이런 말이 있습니다. '거룩하지 않으면 누구도 주님을 볼 수 없다(히브리서 12 : 14).' 선생님, 가가린 소령이 하나님을 볼 수 없었던 것은 마음이 거룩하지 못했기 때문이 아니었던가요?"라고 말했습니다.

화가 머리끝까지 난 여교사는 얼굴이 시뻘겋게 됐습니다. 그러자 학급 아이들의 함성이 또 한 번 크게 울렸습니다. 화가 나서 할 말을 잃은 교사는 소란하게 된 학급을 그대로 둔 채 황급히 교실을 떠나가 버렸습니다.

여교사가 없어지자 어린이들이 교사의 얼굴을 빨갛게 만든 소년 주위에 모여 그를 둘러쌌습니다. 거기서 그 소년은 하나

님이 계시다는 사실과 하나님이 어떤 분이라는 것을 모두에게
소상히 말해 주었습니다.

하나님은 구 소련에 있는 별로 힘이 없어 보이는 한 소년을
통해서도 자신의 영광을 드러내셨습니다.

피리와 찬송가

구 소련 무신론국가에서는 18세 미만의 미성년자에게 종교
교육을 시키는 것을 「종교법」이라는 법률로 강력히 금지시키
고 있습니다. 주일학교를 여는 것도 물론 금지되어 있으며, 가
정에서 자기 자식들에게 하나님에 관해 가르치는 것조차 금지
되어 있었습니다. 근방의 아이들에게 하나님에 관한 이야기를
하는 것이나 찬송가를 가르치는 것조차 금지되어 있었습니다.

이러한 상황하에서 크리스천의 부인들은 도대체 어떤 태도
에 임했을까요?

일반적으로 소련의 크리스천들은 어린아이가 많았습니다. 8
명에서 10명은 보통이고 많은 가정은 12명에서 15명의 어린이
가 있었습니다. 가정의 주인들은 아침 일찍부터 밤늦게까지
직장에 나가 일해야 하므로 어린이들에 대한 교육은 주로 가
정 주부들에게 맡겨졌습니다. 학교에 가면 싫든 좋든 무신론
교육을 받아야만 했습니다.

　물론 미션스쿨 같은 것은 없었습니다. 이 나라 학교에 아이들을 보내지 않고 거부하면 아이들은 빼앗기고 어른은 형무소에 갑니다. 이처럼 엄격하고 고통스런 상황하에 놓여 있으면서도 크리스천 부인들은 각 가정에서 자신들의 자녀들에게 하나님이 존재한다는 사실과 하나님이 인간을 사랑하고 계시다는 것을 여러 모양으로 가르쳤습니다.

　중부 러시아 지방에 하나님을 충실히 섬기는 한 부인이 있었습니다. 그녀는 일곱 명의 자기 아이들에게 무언가 하나님에 대한 사랑을 전하고 싶었습니다. 그리하여 그녀는 자기 집 거실을 개방하여 작은 주일학교를 만들었습니다. 어린이들의 친구나 근방의 아이들을 모아 매주 정기적으로 예수님에 대한 이야기를 했습니다.

　그녀는 예수님의 사랑에 관한 이야기를 하고 찬송가를 가르쳤습니다. 아이들은 기뻐하며 눈동자를 반짝이며 이야기에 열중했습니다. 하나님도 이 주일학교를 축복해 주셔서 매회마다 새로운 아이들이 모여들어 차츰 어린이들의 숫자가 늘어났습니다.

　그렇게 되다 보니 사람들의 이목을 끌게 되어 마침내 당국에 감지되고 말았습니다. 그러자 곧 KGB의 담당자가 한참 집회를 하고 있는 장소에 쳐들어와 현장에서 그 부인을 체포했습니다. 어린아이들의 목전에서 그의 모친의 머리채를 잡아쥐고는 그녀를 난폭하게 밖으로 끌어내고, 가타부타 말도 없이 짚차에 태워 경찰로 연행했습니다. 이를 목격하는 어린이들의 가슴에 얼마나 깊은 상처를 남길 것인지에 대한 생각은 전혀 아랑곳하지도 않았습니다.

그녀는 법률이 금지하고 있는데도 어린아이들에게 신에 관한 이야기를 했다는 이유로 극심한 고문을 당하고 자백을 강요당했습니다. 그러나 그녀의 마음속에는 신에 대한 불타는 애정과 신뢰, 그리고 아이들에 대한 사랑이 있었습니다. 결국 그녀는 징역 2년의 실형 판결을 받고 여자형무소로 송치되었습니다.

모친이 체포됨으로써 아이들은 전원 당국의 손으로 넘어갔습니다. 그리하여 한 사람씩 별도의 고아원에 보내졌습니다. 말할 나위도 없이 고아원은 무신론을 가르치는 교육을 하는 곳입니다. 아침부터 밤까지 공동생활 중에 신은 존재하지 않는다는 것을 철저히 주입시키는 소위 세뇌교육이었습니다.

어린아이들과 이별한 그 어머니의 심정은 어떠했겠습니까? 크리스천으로서, 한 어머니로서 아이들을 빼앗긴 채 무신론 교육을 하는 고아원에 맡겨져 세뇌교육을 받고 있다는 생각을 하니 가슴이 메어지듯 주야로 안절부절못하였습니다.

이는 마치 무서운 맹수가 득실거리는 황야(荒野)에 사랑하는 어린아이를 알몸으로 내던진 격이었습니다. 그 어머니는 2년간 아이들이 예수 그리스도의 사랑을 잊지 않도록 매일 매일 기도를 계속했습니다. 오직 그것만이 마음에 걸렸습니다.

여성임에도 형무소 안에서 중노동을 해야만 했습니다. 그러나 그녀는 우치(愚癡)하게 울부짖는 행동 따위는 하지 않았습니다. 크리스천으로서 성실히 형을 살았습니다. 그리하여 그녀에게는 기나긴 2년이라는 세월이 어느덧 흘러 드디어 기다리던 퇴소 날짜가 다가왔습니다.

그녀가 형무소의 현관에 나갔을 때 거기에는 50명 정도의 크리스천 부인들이 출영을 나왔습니다. 그들은 소박한 꽃다발로 그녀의 출소를 축하해 주고 눈물을 흘리며 따뜻이 입맞춤을 하고 하나님이 형무소 안에서 그녀를 지켜주신 것을 진심으로 감사했습니다. 그러나 그것이 그녀의 기쁨의 전부가 될 수 없었습니다.

오랜만에 집으로 돌아온 그녀가 처음 생각하게 된 것은 그녀의 일곱 아이들이 어디에 있으며 어떻게 찾느냐는 것이었습니다. 그녀는 혼자서 정처없이 고아원을 찾아 헤매기 시작했습니다. 아이들도 자기가 찾아 줄 것이라 기다리고 있음에 틀림이 없을 것으로 믿었기 때문입니다. 그 믿음만이 그녀가 의지하는 전부였습니다. 그리하여 그녀가 꿈속에 그리던 아이들을 하나 하나 찾았을 때, 그 재회의 기쁨이란 그 무엇에 비교할 수 있었겠습니까?

이리하며 일곱 아이 중 여섯 아이까지 찾아낼 수 있었습니다. 그러나 마지막 일곱째 아이를 찾을 수가 없었습니다. 자기 아이를 찾는 희망이 사라지고 마는 것 같았습니다. 그러나 그녀는 포기하지 않았습니다. 어머니로서 어떻게 하든지 간에 그 아이를 찾아 자기 품안으로 데리고 와야겠다는 생각뿐이었습니다. 이러한 바람과 집념 속에 비오는 날에도, 눈이 내리는 날에도, 바람이 부는 날에도 그녀는 자기 아이를 찾아 고아원에서 고아원으로 발길을 옮겼습니다.

그러는 사이 어느덧 10년이란 세월이 흘렀습니다. 그래도 어머니는 포기하지 않았습니다. 언젠가 그녀가 어떤 고아원을 찾았을 때 원장은 "그런 아이는 없어요"라고 잘라 말했습니다. "여기도 있지 않다……." 속으로 실망한 어머니는 피로에 지친 발걸음을 돌려 다른 고아원으로 가려고 현관을 나오려는 찰나, 그녀의 뒤에서 가냘픈 피리소리가 들려 왔습니다. 간신히 들리는 소리에 귀를 기울여 보니 「죄짐 맡은 우리 구주」라는 찬송가의 멜로디였습니다. 그것은 바로 12년 전 자기 집을 열어 주일학교로 만들어 하나님의 이야기를 전하고 있을 무렵 어린 아이들에게 가르치던 그 멜로디였습니다.

그녀는 혹시나 하고 그 피리 소리가 나는 곳으로 한 발 한 발 다가갔습니다. 그 피리는 고아원 식당에서 들려 왔습니다. 숨이 끊어지듯 두근거리는 가슴으로 식당 안으로 발을 들여놓고 보니, 식탁 밑에 무릎을 가지런히 세워 구부리고 있는 한 소년을 발견했습니다. 그 소년은 창 쪽을 향하여 무언가 바라보듯이 피리를 불고 있었습니다.

그녀는 자기 아이의 어린 모습을 상기하며 그 소년의 얼굴을 자세히 쳐다보았습니다. 그러나 12년이란 긴 세월 동안 헤어져 있었으니 그녀로서는 분간할 수가 없었습니다. 소년도 어린 시절의 기억이 하루하루 흐려져 이제는 어머니의 얼굴이 기억조차 나지 않았습니다. 서로 자기 자식, 자기 어머니임을 알 수가 없었습니다.

그때 그녀가 생각한 것은 예전에 가르쳐줄 때와 같은 요령으로 「죄짐 맡은 우리 구주」를 노래해 보자고 말했습니다. 그녀는 당시 가르쳐준 멜로디로 피리를 불기 시작했습니다. 그랬더니 두 사람의 소리가 하나로 딱 들어맞았습니다.

"내 자식이다!" "나의 어머니다!" 하고 두 사람이 동시에 깨닫는 순간, "어머니!"하고 그 소년은 날듯이 달려들어 어머니 품에 안겼습니다. 그리고 그 소년은 말했습니다.

"어머니, 저는 12년 동안 매일매일 창 밖을 내다보며 이 찬송가를 부르고 또 불렀어요. 하나님은 살아 계시기 때문에 반드시 저의 소원을 들어주실 것이며, 언젠가는 어머니를 이곳에 보내 주실 것이라 믿었어요. 어머님이 반드시 저를 찾아 맞이해 주실 텐데, 어머니가 여기에 오실 경우 내가 여기 있는 줄을 어떻게 아시겠어요? 그래서 저는 어머님이 저를 알 수 있도록 매일 찬송가를 불러야 되겠다고 생각했어요. 그래서 오늘도 피리로 찬송가를 불었답니다. 제가 믿은 대로 어머니는 이곳에 와 주셨네요."

이 소리를 들으며 걷잡을 수 없이 눈물을 흘리며 흐느끼던 어머니는 더욱 힘차게 아이를 껴안았습니다. 떨어져, 떨어져 12년, 이제 겨우 하나가 된 어머니와 일곱 아이들은 마음으로부터 하나님께 감사했습니다.

인간은 확실히 인간이 만든 갖가지 정책이나 수단에 의해 무신론 교육을 하기도 하고, 외부에서 사람을 변화시킬 수도 있을 것입니다. 그러나 어린 시절 아이들에게 심어진 하나님의 말씀은 그 누구도 빼앗을 수 없습니다. 혼자되어 12년 간이나 무신론 교육의 세뇌를 받았지만, 이 어린이의 마음속에 심어진 하나님의 말씀과 찬송가를 사라지게 할 수는 없었습니다.

Ⅲ. 거대 유럽의 실현

단일 통화 : 유로의 탄생

1999년 1월 1일, 유럽 공통의 화폐 '유로'가 탄생했습니다. 유럽의 EU(유럽연합) 가맹국 가운데 12개국이 상품의 가격표시를 자국의 것과 유로화로 하는 양쪽 표시 방법을 채택했습니다. 이에 따라 국민들로 하여금 유로화에 익숙하게 하기 위한 준비가 지금 이루어지고 있습니다. 다만 유로화가 탄생하였다고 해도 실제로 유로 지폐를 사용하는 것은 2002년 1월 1일부터입니다.

현재는 은행간의 거래 단위나 주식 거래에만 사용되고 있습니다만 실제로는 2002년 1월 1일부터 유통이 시작되며, 이에 따라 각국의 지폐나 경화도 서서히 바뀌어져 사용될 것입니다.

그리하여 반년이라는 이전기간을 지나는 2002년 7월 1일부터는 자국의 화폐를 사용할 수 없게 되어 있습니다.

유럽 공통의 화폐인 유로화를 시작한 것은 EU입니다. EU에는 15개국이 가맹하고 있으나 유로에 참가한 국가는 독일, 프랑스, 이태리, 벨기에, 화란, 룩셈부르크, 스페인, 아일랜드, 오스트리아, 포르투갈, 핀란드, 희랍의 12개 나라입니다. 다른 나라인 영국, 덴마크, 스웨덴의 3개국은 참가를 유보하고 있습니다. 이처럼 유로화에 참가를 한 국가는 '유로랜드(Euroland)'라고 불립니다. 이는 마치 하나의 국가가 된 것을 상징하는 말입니다.

현재 유로의 화폐가 제작 중에 있습니다. 유로의 지폐는 5유로, 10유로, 20유로, 50유로, 100유로, 200유로, 500유로의 일곱 가지 종류입니다. 경화는 1유로와 2유로, 그리고 1유로 이하의 단위로 센트가 1, 2, 5, 10, 20, 50센트입니다.

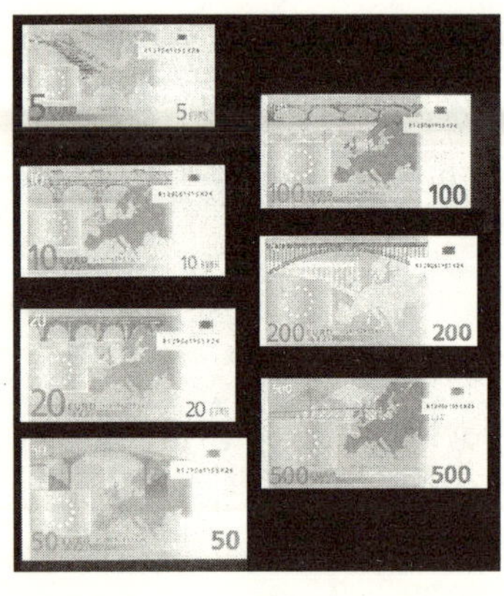

유로화

2002년 1월 1일부터 국제적으로 통용될 유로화의 출범은 거대 유럽 구현의 시작을 상징하고 있다.

98

왜 유로인가?

유럽과 각국이 유로라는 공통의 화폐를 사용한다는 것은 장기간 사용해 온 자국의 통화(通貨)를 버린다는 것을 의미합니다. 통화 발행권이 국가의 중요한 주권 중 하나이므로, 이것을 각국이 버리게 된 배경에는 상당한 각오가 있어야만 한다는 것을 쉽게 상상할 수가 있습니다. 현실적으로는 여러 가지 문제가 생기고 있습니다. 예컨대, 2000년 말의 독일의 의식조사에 나타난 것을 보면 유로화를 사용하는 것은 '애정이 없다' '자기 나라의 돈이라는 기분이 나지 않는다' '무게가 없다'라는 소리가 있어 56퍼센트가 유로보다 마르크화 쪽이 좋다는 답변을 했습니다.

프랑스 「은행협회」의 조사(2000년 말)에 따르면 종업원 10인 이하의 소기업에서는 5.5퍼센트의 기업밖에 유로에 대한 준비가 되어 있지 않다라고 말했습니다. 별도의 조사에서는 유럽권에 있는 중소기업 1,500만개 사 가운데 절반에 가까운 700만에 이르는 기업이나 상점이 2002년 1월 1일까지 특별하게 준비를 서두를 의향이 없는 것 같다는 조사결과를 나타내어 「유럽 위원회」 등을 당황하게 만들고 있습니다.

국경을 넘어 사업을 별로 크게 하고 있지 않는 중소기업에 있어서 유로화에 대한 대응은, 단지 현재의 각국 통화를 유로로 계산하면 된다는 식으로 가볍게 생각하고 있는 것 같습니다. 그러나 유로의 사용으로 옮겨가는 데는 상당한 비용이 들 것이라는 것입니다.

독일의 한 조사회사의 견적에 따르면 등록된 현찰의 교환, 종업원 교육, 컴퓨터 시스템의 변경 및 정보처리, 자문비용 등 중소기업 하나당 2만 유로(약 2,000만 원) 정도가 될 것이라고 말합니다. 따라서 각국의 통화에서 유로에의 변환은 영세한 기업에게는 부담스러워 아무런 메리트가 없는데도 국가의 방침으로 이런 결정을 멋대로 해 버렸다는 의식이 강합니다.

정직하게 말해, 지금 현재로서는 유로에 대한 의식은 아직 높지 않으나 유로에로 옮겨가는 청사진은 이미 만들어져 있습니다. 이제부터 준비된 시나리오에 따라 진전해 나갈 것입니다.

예컨대, EU내의 보오드리스化(국경을 의식하지 않는 생각)는 꾸준히 진전되고 있습니다. 유럽인은 자기가 소속한 공동체에 대한 의식이 높습니다. 이와 같은 유럽인의 마음의 변화가 여실히 나타나 있는 곳이 각국의 국경 주변지역입니다.

프랑스의 알자스 지방은 지금까지 전쟁이 있을 때마다 국경이 변경되었습니다. 이 지역의 남성들은 어느 때는 독일군의 병사로서, 다른 때는 프랑스군의 병사가 되기도 했습니다. 그래서 과거 옛날에는 독일과 프랑스 양국의 여권을 갖고 전쟁을 나간 사람도 있습니다.

그 알자스에 사는 잔자크 비렘 씨는 매일 아침 독일 국경을 넘어 오트헨부르크 시의 경찰 사무소에 출근을 합니다. 그 사무소 46인 직원들의 국적은 독일과 프랑스가 반반입니다. 그러나 전원이 독불 두 언어를 사용하고 있으며 일주일 단위로 말을 바꾸어 사용한다고 합니다.

또한 이태리와 오스트리아의 국경 사이에 있는 치롤 지방은 60년대까지는 민족 대립에 의한 폭탄사건이 빈번한 지역이었습니다. 그러나 2000년 가을 양 국가에 해당되는 3개의 박물관이 공동 주체하는 특별전람회 「서력 1500년」이 열렸습니다. 이 전람회는 500년 전의 치롤 지방에 초점을 맞춘 것으로 젊은 세대를 중심으로 이루어졌는데 예상외의 성황을 이루었습니다. 이렇게 해서 국경 주변에서는 확실히 지난날의 앙금 같은 것이 소멸되고 있는 것입니다.

유럽의 통합은 확실히 진전을 보이고 있습니다. 기업은 구조재편을 실시하고 있으며 경제는 일체화가 이루어지고 있습니다. 그 상징이 유로화인 것입니다. 유럽인은 그의 귀중한 통화의 주권을 EU라는 조직으로 이전시켰습니다. 이이야말로 그들이 장차 목표로 하고 있는 '유럽연방'이라는 거대한 국가 건설의 제1보가 되는 것입니다.

그렇다면 어찌하여 이러한 시도를 유럽 각국은 실행하고 있는 것일까요?

첫째로, 유럽인은 유럽에서 전쟁을 없애려는 강한 염원이 있기 때문입니다. 제2차 세계대전에서 유럽 각국은 적과 아군으로 나누어져 싸운 결과 많은 희생자를 내고 피를 흘렸습니다. 그래서 유럽에는 두 번 다시 전쟁을 일으키고 싶지 않다는 강한 열망이 생겨났습니다. 유럽 전체가 하나의 국가가 될 경우 전쟁은 없어질 것이라는 발상이 싹트기 시작했던 것입니다.

프랑스, 독일을 비롯하여 유럽 각국은 전쟁을 통해서 승자나 패자에게 아무런 득이 되지 못하고 커다란 손실과 아픔만을 경험해 왔습니다. 제가 1970년 봄 독일에 유학했을 때 대단히 놀란 것은 중간층의 남자가 매우 적었다는 사실입니다.

독일인 친구에게서 들은 바에 의하면, 남자들의 대다수가 제2차 세계대전 때 전쟁에 나가 전사했다는 것입니다. 따라서 결혼 상대의 남성이 적고 대신 독신 여성이 많다는 것이었습니다. 그로 인해 독일은 노동력이 매우 부족했습니다.

당시 일어나고 있는 독일의 산업과 공업에 노동력의 부족을 보충하기 위하여 인접한 이태리, 그리스, 터키, 유고슬라비아, 스페인, 포르투갈 등에서 노동자를 수입하고 있었습니다. 이들을 독일어로 '게스트 아르바이타(객인 노동자)'라고 부르고 있습니다. 현재는 그들의 자제(子弟)들이 벌써 2~3세대를 이루고 있는 시대가 됐습니다. 독일에 외국인이 다수 사는 이유 중의 하나가 바로 여기에 있습니다. 전쟁을 통하여 뼈저린 손실을 유럽인은 몸으로 체험해 온 것입니다.

둘째로, 유럽경제의 정체현상이 중요한 원인이 되고 있습니다. 1970년대의 '오일 쇼크' 때 일본이나 미국은 곧 일어섰습니다만, 유럽은 오랫동안 정체되었습니다. 역사가 긴 유럽에서는 경영자 중에 보수적인 사람들이 많아 새로운 산업이나 비즈니스가 좀처럼 쉽게 신장되지 못했습니다. 따라서 경쟁력도 약한 상태였습니다. 1970년대부터 80년대에 이르기까지 일본 기업은 유럽에 대한 수출공세로 값싸고 성능이 좋은 일본 제품을 유럽에 팔았습니다.

저는 마침 그때 독일의 뒤셀도르프라는 곳에 살고 있었습니다. 이 고장은 인구 약 60만 명 정도였습니다만 뒤셀도르프 일본 클럽의 자료에 의하면 1975년에 2,918명의 일본인 실업인과 그 주재원 가족이 살고 있었습니다. 한때는 은행만 해도 10여 개가 있었고, 주재원 사무소와 현지 일본인 회사를 포함해서 약 200개 사가 있었습니다. 그밖에 일본인 학교(소학교 및 중학교)라든가 일본 레스토랑과 일본 식료품점 등도 있었습니다.

말하자면 뒤셀도르프는 전 독일의 일본인 수의 50퍼센트 이상을 항상 점하고 있었습니다. 거기에 단기 체류하는 실업인은 항상 수천 명은 있었기 때문에 이 마을을 독일 사람들이 '일본 콜로니'라고 불렀습니다. 뒤셀도르프는 지리적으로 독일의 거의 한가운데 위치한 노르트라인베스트팔렌 주의 수도로서 유럽 각국과 비행기, 고속 도로, 철도 등의 접근이 매우 편리한 곳입니다.

그 당시 저는 이 마을에서 살면서 일본 경제의 세력과 이에 대한 독일을 비롯해 유럽 각국의 경제면에 있어서의 대일 감정을 피부로 느낄 수 있었습니다.

급속한 일본 경제의 비약과는 반대로 유럽 각국은 이대로 가면 일본에게 지고 만다는 위기감을 갖고 있었습니다. 국제 경쟁력에서 이기기 위해서는 하나의 국가에 국한하여 생산 판매해서는 비효율적이며, 단가도 높아 가격경쟁에서 질 수밖에 없다는 위기감이 팽배해 있었습니다.

유럽 공동체를 지향하는 세 번째 이유로, EU 탄생의 움직임과 미래를 히브리적인 관점에서 볼 필요가 있다고 봅니다. 즉, 눈에 보이지 않는 영적인 관점을 말합니다.

제 I 장의 「왜, 이데올로기는 붕괴했는가?」에서 생각해 보았습니다만, 역사의 흐름에서 간과할 수 없는 것이 하나 있습니다. 그것은 역사 속에서 살아 역사하시는 신(창조주 신)을 무시해서는 안 된다는 것입니다.

천지를 창조하시고 현재에도 살아 계시는 신이라면 역사를 지배하고 간섭하는 것이 당연하지 않겠습니까? 성서는 이 신의 관점에서 인류사와 세계사를 엮은 메시지라고도 말할 수 있습니다. 이러한 의미에서 성서를 읽는 것은 큰 도움이 됩니다.

유럽의 대두에 대해서는 성서가 기원전부터 예언을 계속하고 있습니다. 이 점에 대해서는 제4장에서 기술하기로 하겠습니다.

유럽 공동시장

유럽을 하나로 통합하려는 시도가 '오일 쇼크'에서 시작되었다고 볼 수는 없습니다. 실은 1951년에 발족한 ECSC(유럽 석탄철강 공동체)로 거슬러 올라가야만 합니다. 그것은 서로가 이웃인 독일과 프랑스에 있어서 중요한 에너지원인 석탄·철강의 문제에서부터 시작합니다.

이 석탄·철강 문제는 종종 양국 분쟁의 화근이 되곤 했습니다. 그래서 프랑스의 주도하에 철과 석탄을 국가의 차원이 아닌 국제기구가 관리해야 된다는 생각이 태동되고 제창되었습니다. 여기에는 서독, 프랑스, 이태리, 벨기에, 룩셈부르크 등 6개 국가가 참가하여 이러한 국제적인 기관이 탄생했습니다.

처음에는 석탄과 철강만이었습니다만, 이들 6개 국가가 1958년 1월 EEC(유럽경제 공동체)와 EURATOM(유럽원자력 공동체)를 발족시켰습니다. 그리하여 차츰 협력의 범위를 넓혀 나갔습니다. 이 EEC는 유럽을 하나의 국가로 만들기 위해 먼저 '공동시장'을 만들려 했습니다.

그렇게 하려면 여권이나 비자 없이도 자유롭게 왕래할 수 있고, 상품의 판매도 자유롭게 할 수 있는 환경을 만들어야 된다는 생각과 시도가 이루어졌고, 이러한 일이 계속되다 보니 1967년 7월 EC(유럽공동체)가 탄생하게 됐습니다.

당초 EC의 참가국은 EEC와 같았으나 여기에 영국, 덴마크, 아일랜드가 가맹하였고 그 후 1980년대에는 그리스, 스페인, 포르투갈이 가맹함으로써 도합 12개국이 되었습니다. EU(유럽연합)의 기는 청색 바탕에 금색의 별이 12개 고리를 만들고 있습니다만 이것은 그때 당시의 12개 국 가맹국의 상징인 것입니다.

이러한 노력을 쌓아 올리는 가운데 1991년 12월에는 경제통화의 통합을 하고 이어 정치적인 연합을 염두에 둔 EU를 설립하게 된 것입니다. 이를 위한 서명식이 화란의 휴양지 마스트리히트에서 행해져 이른바 「마스트리히트 조약」이라고 불리게 된 것입니다. 이 조약에 근거를 두고 1993년 11월에 EU가 개시됐습니다.

1995년 1월에는 스웨덴, 오스트리아, 핀란드가 새롭게 가담하여 가맹국은 15개국으로 늘어났습니다. 이에 따라 인구 3억 7천만이라는 거대한 그룹이 탄생했습니다. 현재 EU 본부는 벨기에에 위치하고 있으며, 벨기에는 화란어 프랑스어 독일어를 사용합니다. EU는 문화가 다른 사람들의 연합국가입니다. 벨기에에 본부를 둔 것은 프랑스나 독일의 대국에 본부를 둠으로써 EU가 어느 한쪽에 쏠리는 일이 없도록 한 배려라고도 생각됩니다.

유럽 중앙은행

유로통화를 공통으로 하기 위해서는 통화를 발행하는 「중앙은행」이 필요합니다. 그 유럽 중앙은행이 독일의 프랑크푸르트에 설립됐습니다. 이사는 6명이고 임기는 8년으로 되어 있으며, 정치적인 영향이 개입하지 않도록 되어 있습니다. EU의 유럽 중앙은행은 정치적인 중립으로 독립된 힘이 주어져 있습니다.

2002년 1월 1일부터 유로통화가 실제로 태동하여 나오게 되겠는데, 이는 대단한 일입니다. 늦어도 그 전날까지는 새로운 유로 화폐를 준비하지 않으면 안 되기 때문입니다. 필요한 통화는 12개국에 560억 매의 코인(25만 톤), 130억 매의 지폐라고 합니다.

실감이 나지 않는 숫자입니다만, 필요한 통화를 운반하는데 독일에서만 최소한 트럭 2,400대가 필요하다는 이야기입니다. 현금 수송할 시 자동차는 제한되어 있는데 현금 수송차를 눈독들이는 도적단이 암약할지도 모를 일이므로 경찰의 엄중한 경계도 필요합니다.

유럽은행에 현금 수송차가 도착할 때의 경계 태세 역시 예삿일이 아닙니다. 총을 든 경찰관 5, 6명이 주위의 교통을 차단시키고 경비에 임할 것입니다. 마치 영화에 나오는 장면 그대로입니다. 이러한 풍경은 2001년 연말에서 2002년 초에 이르기까지 유럽 각지에서 보게 될 것입니다.

이처럼 대단한 어려움을 겪지 않으면 안 되기는 하나, 유로가 실제로 유통되기 시작하면 여러 가지 면에서 이점이 있습니다. 예컨대, 지금까지처럼 각국이 별도의 통화를 사용하고 있으면 어음 시세의 변동에 따라 무역의 영향을 받게 됩니다. 그렇게 되면 통화면에서 양쪽 국가의 어음 수수료가 필요하게 됩니다.

그러나 동일 통화가 되면 그러한 걱정을 할 필요가 없습니다. 또한 지금까지는 유럽 각국에 이동할 때마다 환전(換錢)이 필요할 뿐만 아니라 환금 수수료를 지불하였습니다. 그것이 동일 통화 발행에 의해 불필요하게 됩니다.

또한 같은 제품이나 상품이 다른 나라에서는 얼마로 팔리는지 금방 알게 됩니다. 품질이 같은 것이라면 값비싼 것은 팔리지 않게 되므로 경제경쟁이 심화될 것입니다. 따라서 기업의 경쟁력도 증가됩니다.

세계의 돈은?

EU 내에 공통 화폐가 유통되면 참가국 내의 경제경쟁은 더욱 심해질 것으로 예상됩니다만, 경쟁은 자체 내 뿐만 아니라 미국과의 경쟁이 더욱 심화된다는 것도 확실합니다. 현재는

뭐니뭐니 해도 미국의 달러가 '세계의 돈'의 역할을 하고 있습니다.

국제무역의 지불은 달러가 사용되고 있습니다. 그러나 EU 내에 유로가 유통되게 되면 EU내에서는 달러를 지불할 필요가 없어집니다. 또한 유럽과 관계가 깊은 국가는 그의 지불도 달러가 아닌 유로화가 될 것입니다. 그렇게 되면 세계경제 전체 속에서의 달러의 위치가 저하될 것입니다.

유로의 시작으로 EU간의 거래가 활발하게 되면 외국들은 '달러보다 유로를 갖고 있는 것이 낫다'는 생각을 갖게 될지 모릅니다. 그렇게 되면 지금까지 미국으로 흘러 들어간 돈이 EU 쪽으로 흘러갈지 모릅니다. 따라서 유로화의 세계경제 속에서의 역할은 대단히 커진다는 것입니다.

이와 동시에 세계의 주요한 통화는 달러, 유로, 엔의 3극 구조로 될지 모릅니다. 엔은 아직 국제통화라고 불릴 정도의 실력이 없으므로 국제무역의 지불수단으로서는 사용되지 않고 있습니다. 여기서는 일본의 엔에 관해서는 별도로 하기로 하고, 유로에 관한 한 이미 은행간의 거래에서 채용되고 있다는 사실만으로도 거대 유럽 공통통화의 가치가 상승할 것이 확실하다고 말할 수 있습니다.

영 국

EU 가맹국인 영국은 유로 도입에는 찬성하지 않았습니다.

그것은 유로 도입에 관한 국민의 강한 반대가 있었기 때문입니다. 섬나라인 영국에서는 원래 유럽의 대륙과 하나가 되는 것에 반발이 있었습니다. 또한 화폐가 통일되면 엘리자베스 여왕의 초상화(肖像畵) 모습이 사라질 것에 대해 국민적인 반발이 있는 것 같기도 합니다.

그러나 한편으로 유로에 참가하지 않게 되면 영국의 통화 파운드와 유로와의 사이에 위체상장(爲替相場)의 변동이 생겨 유럽 제국과의 무역을 하는 데 불리하게 되는 것이 확실합니다. 따라서 영국의 블레어 수상은 국민 여론의 동향을 보면서 신중하게 유로에의 참가를 검토하고 있습니다. 이것도 시간 문제라고 봅니다.

스위스

어떤 분은 EU에 스위스가 가맹하고 있는 것에 대해 의아하게 생각할지 모르겠으나 여기서 스위스에 관해 약간 언급하려 합니다. 스위스는 영세 중립국으로 1815년의 「빈 회의」에서 공인되어 왔습니다. 그의 의무는 항상 중립을 지키는 것이며, 동맹조약이나 상호원조조약 등에 가입해서는 안 된다는 내용도 포함되어 있습니다. 그러나 장기적으로는 스위스의 향방이 전적으로 EU 가맹국이 되어 상호 경제교류가 이루어지면 헌법개정이라는 수단까지도 생각하지 않을 수 없을 것입니다.

유럽연방

EU는 이처럼 공통의 통화를 가짐으로써 이제부터 시간을 두고 여러 가지 통합을 진행시켜 마침내 정치통합, 군사통합까지도 해낼 이상(理想)을 가지고 있습니다. 그것 때문에 EU는 이미 유럽에서 하나의 거대한 국가를 만드는 조직을 시작한 것입니다.

그런데 일반 유럽인은 어느 정도 EU에 대한 의식이 있는 것일까요? 확실한 것은 EU 국가에 입국하게 되면 EU 여권 소지자와 비소지자는 입국시에 입구가 명확히 구별됩니다. 상품의 표시도 자국과 유로 표시 등 두 가지로 표시됩니다.

그러나 2001년 1월 유럽인의 앙케이트 조사에 의하면 "2002년의 유로 공통통화 도입에 대해 알고 있습니까?"라는 물음에 겨우 33퍼센트가 "예"라고 대답한 것에 불과합니다. 의식이 가장 낮은 곳은 이태리로서 17퍼센트였습니다. 가장 높았던 데는 룩셈부르크로서 54퍼센트였습니다.

그러나 비록 일반시민과 행정적 측면과의 시각 차이는 있어도 「유럽 연방」을 실현하기 위한 단계는 확실히 취해지고 있습니다.

EU에는 「각료이사회」가 있으며, 여기에는 입법권이 있어 유럽 전체가 지켜야 할 법률이 만들어지고 있습니다. 「유럽의회」의 인원수는 626명으로 의원은 인구에 따라 각국의 정수(定數)가 정해져 있어 비례대표제로 의원이 선정됩니다. 5년에 1

회 선거가 행해집니다만, 최근에는 1999년 6월에 있었습니다.

EU의 행정은 「유럽위원회」에서, 위원은 참가 각국에서 뽑힌 20인으로 되어 있습니다. 그러나 「각료이사회」가 결정한 내용을 실행합니다. 한편, 「유럽재판소」에는 판사가 15명 있습니다. 이러한 조직 만들기는 계속 진행되어 장차 「유럽연방」을 향한 통합준비가 착착 진행되고 있습니다.

유럽의 20세기라는 짧은 기간을 돌아봐도 거기에는 끊임없이 혁명이나 전쟁이 반복되어 왔습니다. 유럽은 민족과 민족, 국가와 국가가 서로 증오하고 사람과 사람과의 사이에 피비린내 나는 다툼의 연속이었습니다. 이러한 역사는 옛 로마 시대까지 거슬러 올라갑니다.

이러한 비참한 역사를 겪어온 유럽인은 이제는 더 이상 전쟁을 없애고 평화로운 사회를 만들고 싶다는 것이 그들 마음 속에 지닌 강한 염원인 것입니다. 그러한 의미에서 「유럽연방」의 건설은 대단히 큰 의미를 갖고 있다고 말할 수 있습니다.

가령, 좀더 시야를 넓게 생각해 봅시다. 현재의 EU 15개 가맹국 내에는 NATO(북대서양조약기구) 제국도 있으며, 다른 유럽 EFTA(자유무역연합)에 속한 노르웨이, 아이슬란드, 스위스, 리히텐슈타인의 4개국이 있습니다. 거기에 발틱 3국인 리토아니아, 라토비아, 에스토니아와 구 동유럽 제국의 9개국(슬로바키아, 불가리아, 루마니아, 슬로베니아, 크로아티아, 보스니아, 헤르체고비나, 유고슬라비아, 마케도니아) 그리고 소련 붕괴 후의 CIS(독립국가연합) 등 12개국도 유럽입니다.

이들 국가 중 유로를 실질적으로 사용하고 지지하고 있는 국가와 유로가 포함된 통화 바스켓제를 채용하고 있는 나라, 또는 변동 상장제를 취하면서 유로를 참고통화로 사용하고 있는 나라 등, 어떤 방법이든 유로를 자국의 통화제도와 연계하고 있는 국가가 거의 50개국이나 존재합니다. 그 중에는 달러 등의 통용보다도 유로에 더 강하게 묶여 있는 통화제도를 채용하고 있는 국가가 거의 30개국이나 됩니다.

이 같은 이유로 통화권은 비교적 짧은 시간에 EU라는 모체(母體)에 흡수될 것입니다. 예를 들면 코소보, 몬테네구로에서는 독일 마르크만 사용합니다. 따라서 자동적으로 유로로 옮겨갈 것입니다.

당연한 일이기는 하나, 경제의 흡인력에는 강한 면이 있습니다. 이들 중 몇 개 국가는 이미 EU 가맹국에 손을 들고 있습니다. EU가 경제적으로 더욱더 강해지면 「유럽연방」의 실현은 더욱더 가속화될 것입니다. 그렇게 생각하면 유럽은 또다시 거대한 힘을 갖게 되어 커다란 시장(마켓)이 되는 것이 뻔한 일입니다.

세계화(글로벌리즘)가 IT(정보통신) 시대에 들어와 감속할 것이라고는 생각할 수 없습니다. 따라서 합병·흡수에 의한 기업의 변화는 작금 일본 사회에서 볼 수 있는 모습입니다. 지금은 세계 전체가 지금까지의 경험과 방정식으로는 풀 수 없는

어려운 시대에 들어서 있습니다. 우리들은 어디에다 시점(視點)
을 두고 걸어야 할 것입니까?

Ⅳ. 이슬람교 사회의 대두

제2차 세계대전 후의 유럽은 철의 장막이 드리운 채 길고도 차가운 동서 유럽의 긴장 상태가 지속되었습니다. 동측의 사회주의 국가에서는 하나의 공산주의 이데올로기가 지배하여 독재정권하에 사회체제를 유지하고 있었습니다.

70년 남짓한 소련의 역사를 돌아보게 되면, 인류가 아무리 이상사회를 염원해도 현실은 빈곤과 박해, 인권의 박탈, 그리고 신앙의 권리 등이 빼앗길 수밖에 없었던 사실을 알 수가 있습니다. 도대체 어디에 문제가 있었습니까?

동측 사람들은 서방측과의 경제적 격차가 날로 벌어질 뿐이라는 사실을 전파를 통한 서방측 정보를 통해 익히 알고 크게 동요되어 있었습니다.

마침 그러한 때에 도저히 믿어지지 않는 기적 같은 사건인 베를린 장벽이 무너지는 대혁명이 일어나 동유럽 제국은 독재 정권에서 하나 하나 붕괴되기 시작했습니다. 혁명 후 구 동유럽 제국은 정치 경제의 자세를 급격히 서방측의 방향으로 전환을 시작했습니다. 그리하여 그들이 주목한 눈은 거대 유럽 쪽으로 향하고 있다는 사실은 의심할 여지가 없습니다.

이러한 일련의 동유럽 혁명은 유럽의 역사상 과거에 상상할 수도 없었던 일입니다. 어찌해서 역사는 이러한 경위에 이르게 됐을까요……?

그런데 구 유럽 제국의 사람들이 거대 유럽에 눈을 돌리고 있을 동안에 EU 제국 자체에 변화가 일어났습니다. 그것은 이슬람교라고 하는 종교의 일대 신장입니다. 지금까지 유럽은 어떻든 그리스도교 국가들이라고 생각해 왔습니다. 그러나 그러한 유럽에서 지난 25년 간 이슬람교의 신도 수가 2배 이상 성장했습니다. 지금 세계에서 가장 크게 성장하고 있는 종교가 바로 이슬람교입니다.

세계의 회교도 수는 현재 14억 6천만이 되었습니다. 러시아를 포함한 전 유럽의 이슬람교도 수는 2001년 7월 31일 현재 5,180만입니다. 그들의 높은 신장률은 연간 6.5퍼센트입니다. 이대로 가면 2014년에는 가톨릭 다음으로 세계에서 두 번째로 큰 종교세력이 될 것으로 예상됩니다. 프로테스탄트의 현 신자수는 세계 제2위입니다. 프랑스는 500만, 독일은 350만, 영국은 200만, 이태리는 100만, 스페인은 70만의 이슬람교도를 가지고 있습니다.

금후에는 타국에서 이주해 온 사람이나 회교도 가정의 높은 출생률로 인해 그의 숫자가 더욱더 늘어날 것으로 전망됩니다. 유럽 각지에서는 현재 이슬람교 사원(모스크)이 건조되고 있습니다. 학교에서는 이슬람교도의 자제들에게 「코란」을 가르치는 종교교육이 이루어지고 있습니다. 유럽은 지금 정신적인 면에서 그의 모습이 변모하고 있습니다.

뿐만 아니라, 이슬람교는 중근동을 시작으로 아프리카와 아시아의 국가에서도 활발해지고 있습니다. 이슬람교는 계율과 규제가 엄격한 종교입니다. 왜 사람들이 이 회교라고 하는 종

이슬람 사원
서구정신문명의 지주였던 기독교에 필적하는 이슬람의 교세확장이 괄목할 만하다.

교에 개종(改宗)해 가는 것입니까? 어찌해서 이처럼 빠른 신장세를 나타내고 있는 것입니까? 지금까지 국제사회에서 약진하고 있는 회교문제를 푸는 문제는 하나의 중요한 과제가 되고 있습니다.

회교국 인도네시아에서 일본 기업인 '맛의 원조사(아지노모도사 : 味の 素社)'란 회사가 회교계율에 저촉된다는 문제를 일으켜 현지 주재 일본인 사장이 구속되어 체포되는 사건이 발생했습니다. 회교는 회교도가 아닌 사람에 대해서는 실로 불가해(不可解)한 종교입니다. 그러나 지구가 세계화되고 있는 마당에 지금 회교는 교육, 문화, 예술, 정치, 법률과 모든 분야에서 국경을 초월하여 세력을 증대해 가고 있는 경향을 보입니다.

그러면 유럽에서 약진하고 있는 회교는 이제부터 어떻게 되는 것입니까? 장래 터키 같은 회교국이 EU에 정식 가맹하는 것은 충분히 예상되며 EU 내와 EU 밖으로 적지 않는 영향이 있을 것으로 생각됩니다. 따라서 유럽에서의 회교의 대약진은 그냥 넘겨 버릴 수 없는 문제입니다. 이 장에서는 회교에 초점을 두고 생각해 보기로 하겠습니다.

마호메트

기원 후 570년 경 메카의 하심가에서 마호메트(무하마드)가 탄생한 것으로 되어 있습니다. 그의 부친 아부도우츠라는 마호메트가 태어나기 전에 세상을 떠났습니다. 다른 형제자매가 없었던 그 소년은 유소년 시절의 당시 습관대로 고원 사막의 유목민 속에서 자랐습니다.

고아 마호메트는 하심가의 가장인 조부, 그리고 그의 후계자인 숙부 아부 다리부에게 맡겨졌습니다. 당시의 메카에서는 가까운 혈연(血緣)이 있는 부계의 씨족에 의해 자신의 안전을 보호하는 귀속집단이 형성되어 있었습니다.

거기서 마호메트는 청년기를 지냈으며, 임금을 받고 양을 치거나 북쪽 시리아의 부수라헤로 대상(카라반)을 따라 두 번씩이나 건너가 본 경험도 했습니다. 그의 카라반 여행은 최초에는 숙부인 아부 다리부와 함께 하였고, 두 번째는 마호메트 스스로 후원자의 자금을 받아 교역을 위해 떠난 여행이었습니다. 마호메트는 상인(商人)으로서의 경력을 착실히 쌓아 두고 있었습니다.

마호메트는 25세에 첫 번째로 결혼을 했습니다. 상대는 하데이쟈라는 여인이었습니다. 그녀는 이미 언급한 두 번째 여행의 후원자가 된 당시 40세 가량의 부유한 미망인이었습니다. 하데이쟈는 마호메트에 대해 좋은 소문을 들은 바가 있어 통상보다 두 배의 보수를 지불했다고 합니다. 마호메트는 그의 기대에 훌륭히 부응하여 큰 이익을 올렸습니다.

다른 무엇보다도 여행에 앞서 성실한 그의 태도는 하데이쟈의 귀에 전해졌고, 그래서 그녀의 마음에 들었습니다. 하데이 쟈는 재혼의 상대로서 마호메트를 택하여 드디어 두 사람은 결혼을 했습니다.

15세 연상이라고는 하나 하데이쟈는 가문과 재력의 혜택이 있는데다가 훌륭한 인격자였기 때문에 마호메트로서는 행운이었습니다. 그때 마호메트는 처음으로 따뜻하고 평화로운 가정을 가질 수 있었다고 합니다.

그때쯤, 겉보기에는 아무런 불만이 없는 생활을 하고 있었으나, 당시 메카의 상황은 마호메트에게 근심을 자아내게 했습니다. 메카는 도시로서의 발전을 동반하면서 정신적인 퇴폐가 심화되고 빈부의 격차는 늘어나 질서와 도덕의 상실은 사회적인 문제가 되고 있었습니다.

어느 날 마호메트는 식량을 휴대하고 메카의 근교에 있는 히라 산의 동굴에 들어가 몇날 며칠씩이나 명상을 하고 수도를 했습니다. 그러던 중 그가 40세가 되는 해에 그에게 운명의 사건이 발생했습니다.

어느 날 밤 꿈속에서 마호메트는 돌연 전신의 몸이 짓눌리어 으스러지는 듯한 느낌에 사로잡히게 되는 경험을 하였습니다. 정신이 들어 보니 거기에 천사 가브리엘(가마리엘)의 모습이 있었습니다. 천사는 마호메트에게 "읽어라!"고 명하였습니다. 그러나 마호메트는 "읽을 수 없습니다"라고 대답하자 천사는 또다시 마호메트를 붙잡아 덮치고 한참 괴롭힌 다음 또다시 "읽어!"라고 소리를 질렀습니다. 이러한 해괴한 행동을 세 번씩이나 반복한 후에야 마호메트는 이는 알라로부터의 계시(啓示)라는 사실을 확신했다고 합니다. 그 후 마호메트의 인생은 급전(急轉)하여 달라졌습니다.

그로부터 1개월 후 그의 계시가 재연되었습니다. 마호메트가 걷고 있으면 하늘에서 소리가 들려와 그 소리가 그에게 다가왔습니다. 그 이후 하늘에서의 계시는 더욱 거세고 더욱 빠르게 나타났습니다. 기원후 610년의 일이었습니다.

이 소리야말로 알라에게서 오는 것이라고 믿게 된 마호메트는 후에 아라비아어로 하늘에서 내린 계시를 「코란」에 정리하였다고 이야기되고 있습니다. 한 사람의 상인에 불과했던 마호메트가 이러한 극적인 경험을 통하여 그 후 포교 활동에 들어가게 되었던 것입니다. 이것이 이슬람교의 시작입니다.

이슬람의 교의(敎義)

이슬람교의 '이슬람'이라는 말은 원래 '귀의·복종'이라는 뜻입니다. 이슬람교는 마호메트의 사상이나 지식, 윤리관 등에 관한 가르침이 아니고 알라가 마호메트에 임한 가르침이라고 믿어지고 있습니다.

따라서 이슬람교의 가르침(교의)은 인간이 생각해 낸 것이 아니라 알라가 인간에게 명한 것이라고 이슬람교도는 이해하고 있습니다. 그런 이유로 인간은 그의 가르침을 마음대로 개편하거나 자의로 해석하거나 선택하거나 비판하는 권리가 인정되지 않습니다. 모든 것이 알라의 의지인 것입니다. 인간은 다만 묵묵히 그의 가르침에 '귀의·복종'하는 것만이 참된 길이라고 믿고 있습니다.

이슬람의 가르침은 '알라의 의지'이며 그것을 신 자신의 말로 믿도록 「코란」을 중심으로 정리되어 있습니다. 이슬람 법이란 종교적·현세적 생활의 일체를 법적 규범으로 정한 것입니다. 이슬람교도는 그의 기준으로 모든 것이 이미 계획되어 있습니다. 또한 이것은 「샤리아」(성법)라고 불리는 법으로서 이 법은 다음과 같이 나누어집니다.

신 조

알라, 천사, 계전(啓典), 예언자, 내세, 천명의 '6신(信)'을 받들어 모십니다.

도덕률

「코란」과 전승(傳承)에 행하도록 명해진 성실, 알라에의 귀의, 겸손, 탈속(脫俗), 만족, 관대(寬大), 인내 등의 도덕상의 제 덕성

근 행(勤行)

신앙고백, 예배, 단식, 희사(喜捨), 순례의 '5행' 및 성전(聖戰)

화해사항

결혼, 이혼, 친자관계, 상속, 노예, 자유인, 계약, 매매, 서약·증언, 기증재산, 소송·재판 등 사람과 사람과의 관계 전반에 관한 규정

형 벌

「코란」 및 전승에 규정된 형벌(예컨대, 도적에 대한 한 손 절단의 형, 배교[背敎]에 대한 사형, 음주에 대한 80회의 태형[笞刑] 등)

여기서는 각 항에 대한 자세한 설명은 유보하기로 하겠습니다. 이슬람교도가 그의 신자로서 바르게 살기 위한 규범은 모두 이 「샤리아」에 있습니다. 이는 이슬람의 가르침의 진수(眞髓)인 것입니다. 그들이 말하는 구원의 길에 들어가는 방법은 현실적으로나 종교적으로나 이 「샤리아」에 복종하는 길 이외에는 없습니다.

피조물로 만들어진 인간이 알라의 의지를 충실히 지켜 살면, 말하자면 「샤리아」의 가르침대로 지키면 내세에 있어서 영원한 낙원에 들어갈 수 있다고 가르치고 있습니다.

일상의 규정

이슬람의 교도가 신자로서 지켜야 할 규율은 여러 가지가
있으나 여기서는 몇 가지만 예를 들어 보겠습니다.

예배 신앙

이슬람교에서는 행위에 의한 신앙이 중요하다고 되어 있습
니다. 따라서 예배는 새벽 전, 정오, 오후(일몰까지), 일몰 후, 취
침 전의 5회입니다. 예배는 몸을 깨끗이 하는 목욕에서 시작하
여 바로 서기, 굽히기, 엎드리기, 정좌라는 네 가지의 같은 동
작으로부터 시작합니다.

이 같은 「코란」의 암송을 기본으로 하는 예배는 지구상 어
디에 있어도 메카의 카아바 신전을 향하여 행하여집니다. 1일
5회의 예배는 많은 것으로 생각됩니다만 우상숭배가 부정된
이슬람교에서는 눈에 보이지 않는 알라를 항상 의식할 필요가
있다고 가르칩니다.

단 식

이슬람교에서는 단식(斷食)을 중요시합니다. 이것은 이슬람
달력의 9월, 라마단 월의 1개월 간 행해집니다. 이슬람교도는
일출 전에서 일몰에 이르기까지 일체의 음식은 금지되어 있습
니다. 그 동안은 물이나 차를 마시는 것도, 담배를 피우는 것도

금지되어 있는데, 「코란」에는 다음과 같은 말이 쓰여 있습니다.

> 신도여, 단식은 그대들이 지켜야 할 규율이니라, 그대들 시대 이전의 사람과 같이. (이 규율을 지키면) 반드시 너희들은 참으로 신을 두려워 겸손해지는 마음이 생겨 ……라마단 월에 누구든지 집에 있는 자는 단식을 해라. 다만 그때 병중에 있거나 여행 중에 있으면, 언젠가 따로 시간을 내어 그 만큼의 일수(단식)를 채우면 된다. (코란 2장)

희 사(喜捨)

이슬람교에는 '희사'란 것이 있습니다. 이는 이슬람교도가 지불하는 일종의 세금을 말하는 것입니다. 그러나 이것은 사회적인 의무나 강제적인 것은 아닙니다. 회교도가 알라를 위하여 행하는 행위이며 권장 사항입니다. 희사에 의해 모아진 돈의 사용 방법은 다음과 같습니다.

> 희사(모아진)의 용도는 먼저 가난하여 궁핍한 자, 그 때문에 거리를 배회하는 자, 마음을 협조케 한 자, 노예를 맡은 자, 부채로 어려움을 겪고 있는 자, 게다가 알라의 길(이슬람교의 진도활동), 나그네, 여기에만 한한다. 이것은 알라의 결정 사항. 알라는 명석하시고 전지(全知)하신 분입니다. (코란 제9장 60절)

이렇게 해서 희사하는 것으로 많은 사람이 구원을 받습니다. 그러나 가장 혜택을 입는 사람은 다른 사람이 아닌 희사한 자신들이라고 가르칩니다. 이것은 부를 얻기 위해 타인의 불행을 원하지 않는 자의 자비, 탐욕을 없애고, 알라께 있을 건전한 혼(魂)을 가져오게 하는 수단이라고 이야기합니다.

메카의 순례

이슬람교도는 일생에 한 번 메카에의 순례를 의무적으로 하도록 되어 있습니다. 이는 「코란」의 제22장 27~28절에 정해져 있습니다.

우리들 이부라힘(아브라함)을 위해서 이 집의 위치를 정한 때의 일. 〈나와 더불어 다른 어떤 것도 숭배해서는 안 된다. 순례를 하는 사람을 위해, 서서 염원하는 사람을 위해, 엎드려 기도하고 있는 사람을 위해 나의 집을 깨끗케 하는 것이 너의 역할. 만인에게 순례를 하도록 권하라. 모두가 너희 곳에 올 수 있도록 (불러들여라). 걸어서 오는 자도 있고, 야윈 낙타를 타고 오는 자도 있고, 멀고 먼 산의 협곡 길을 따라 사람들은 온다.〉

이슬람교도에 있어서는 이 메카, 카아바 신전에의 순례는 전 생애를 통하여 이루려는 꿈이라고 해도 과언이 아닐 것입니다. 메카는 아라비아 반도의 서측, 홍해에 연해서 남북으로 면한 산맥의 계곡에 위치해 있습니다. 「코란」에 의하면 이 땅은 신이 최초로 만든 마을이라고 되어 있습니다. 그들의 조부인 이부라힘(아브라함)과 그의 아들 이스마일(이스마엘)에 의해 '신의 집' 카아바가 건설되었다고 말합니다.

이 땅에 탄생한 마호메트는 다신(多神)의 우상을 배척하여, 모든 이슬람교도에 대해서 여기를 향해 하루에 다섯 번의 예배를 드리는 땅으로 정했습니다. 그리하여 마호메트 자신이 행한 순례가 그대로 오늘날까지 답습되고 있는 것입니다.

음식의 터부

「코란」에서는 일반생활 차원에서 적지 않은 작은 주의사항을 정하고 있습니다. 그들이 먹어서 안 되는 것은 '죽은 짐승의 고기, 피, 돼지고기, 그리고 알라 이외에 바친 물건, 목 졸라 죽인 동물, 맞아 죽은 동물, 추락해 죽은 동물, 뿔에 처박힌 동물, 그리고 다른 맹수가 먹은 것……. '너희가 스스로의 손으로 마지막에 칼로 잘라 만든 것은 좋다. ……그리고 우상신의 석단에 놓여졌던 것, 그리고 화살로서 쏘아 잡은 고기를 분배하는 것은 허용되지 않는다. 이는 참으로 깊은 죄악의 행위인 것이다.' (코란 제5장 4절)

'술에 대해서 또는 화살로 사냥한 여부에 대해 모두가 너에게 물어올 것이다. 답하라. 이 두 가지는 대단한 죄악이기는 하나 때로는 사람에게 득이 되는 점도 있다. 그러나 죄가 되는 경우가 더 많다'(코란 제2장 2절 이하)라는 규정과 여타 이러한 음식에 관한 규정이 금일에도 또한 세계 각지의 이슬람 사회에 규율로서 지켜지고 있습니다. 이슬람교도는 이것은 '무슬림은 하나'라는 것을 증명하는 것이라고 말합니다.

이슬람 원리주의(原理主義)

요즘, 이슬람 원리주의의 활동에 대해 뉴스를 듣지 않는 날이 없을 정도입니다. 이슬람 원리주의란 도대체 어떤 그룹입니까? 어찌해서 그들은 그처럼 과격한 행동을 하는 것입니까? 목적달성을 위해서는 수단과 방법을 가리지 않는 점은 우리들이 이해하기가 곤란한 것입니다.

이슬람 원리주의란 원래 이슬람교의 정통파(이슬람교도의 90 퍼센트를 점하는 순니파)에서 일탈한 그룹을 의미합니다. '순니파'는 이슬람 공동체의 '합의'를 중시하여 선례, 범례에 따라 행하는 사람들입니다. 이와 정반대의 이슬람 원리주의자는 현재 상황을 전적으로 부정하여 어떠한 수단을 사용해서라도 그들이 생각하는 이슬람 사회를 실현한다는 생각에 근거하고 있습니다.

옛날에는 '하와리쥬(나가버린 자)'라고 불렀고, 나중에는 '아삿신'이라 불린 집단도 등장하였습니다. 그들은 독자적인 해석에 의해 당대의 이슬람 지도자가 옳은가 그른가를 가름하여 정당치 않다고 판단되면 암살자를 보내는 방법을 택했습니다.

그러나 실제에 있어서는 이들 분파집단에는 구체적인 이상 국가의 이미지나 이슬람 국가의 구상이 있을 수가 없습니다. 다만 존재하는 것은 파괴요, 현상에 대한 강한 불만입니다. 또한 이러한 그룹이 존재하고 활동하고 있는 배경에는 이슬람의 제 국가나 구미 각국이 이들 그룹을 필요로 해서 편의제공을 하고 있기 때문이기도 합니다.

아마도 이들 이슬람 원리주의자는 우선은 그 모습이 완전히 사라지기가 어렵습니다. 이슬람교 역사와 더불어 과격파 그룹은 항상 전투를 반복합니다. 최근에는 이스라엘의 팔레스타인 자치구에 불만을 가진 팔레스타인 사람을 편들어 이스라엘 치안부대와 충돌하거나 테러에 가담하고 있습니다.

성전(聖戰)

또 우리들에게는 이해하기 어려운 점이 있습니다. '성전(聖戰)'입니다. '성전'이라고 번역되는 아라비아어 '지하드'는 본래 적을 격퇴하기 위해 자기 힘을 극한까지 발휘하는 것을 의미합니다.

여기서 말하는 적(敵)이란 알라의 길을 가로막는, 그런 이상 사회의 실현을 탄압하는 자, 이슬람교도를 박해하는 자를 말합니다. '지하드'란 신앙을 위한 싸움, 이슬람교도가 이슬람 사회를 지키기 위해 이방인에 대해 행하는 싸움인 것입니다. 「코란」은 '지하드'를 다음과 같이 정의하고 있습니다.

그들(적군)을 죽인 것은 그대들(이슬람교도)이 아니다. 알라가 죽인 것이다. 사살한 것이 너(이슬람교도)라 할지라도 실은 네가 사살한 것이 아니다. 알라가 사살한 것이다. 이것은 신도들에게 감사한 은총을 경험토록 하기 위해 주신 것이다. 참으로 알라는 귀가 예민하고 모든 것에 다 통달하시는 분이시다. (코란 제8장 17절)

성전이란 인간과 인간이 죽이는 것이 아니라, 알라가 그 사명을 준 인간을 통하여 적을 죽이는 행위인 것이다. 이것은 코란이 말하고 있는 바이다. 따라서 적을 죽일지라도 비난을 받는 일은 결코 없으며, 오히려 칭찬을 받는 것이다.

더욱이 '성전'에서 생명을 잃는 자는 다른 세상에서 큰 보상을 받는다고 가르치고 있습니다. 이 행위는 알라로부터 주어진 사명으로서 알라의 의지이기 때문입니다. 「코란」에는 성전에 임하는 전사들을 고무하는 말들이 여러 대목에 나오나 여기서는 구체적인 언급을 피하겠습니다.

이슬람교도에 의하면, 전쟁의 정의는 '지하드'에 있습니다. 이것은 알라의 의지에 의거한 것으로 이슬람교도를 위한 것이 아니라 전 세계를 위해 필요한 싸움이라고 말하고 있습니다. 이슬람교의 과격파가 죽음을 두려워하지 않고 성전으로써 싸우는 이유가 여기에 있습니다.

이슬람교는 어디로?

지금까지 이슬람교라는 종교를 생각했습니다만, 그 이슬람교가 도대체 무엇을 염두에 두고 있는 것입니까? 「코란」이 가르치고 있는 대로 그의 결론은 세계제패에 있습니다.

말하자면, 세계를 알라를 믿는 사람들로 구성하는 이슬람 사회로 만드는 데 그들의 목표가 있는 것입니다. 그들이 알라에게서 나온 계시라고 받아들인 「코란」이 그 내용에 있어서 「구약성서」의 내용과 유사하여 분간하기가 매우 어렵습니다.

「코란」을 주의 깊게 읽으면 「구약성서」 가운데 등장하는 인물로 바꾸어 놓았거나, 어휘를 달리 해석한 것들이 눈에 뜨입니다. 예를 들면, 아브라함의 아들 이삭과 이스마엘에 관하여 아브라함이 모리야 산에서 산제물로 바친 아들이 「구약성서(이삭)」와 「코란」(이스마엘)으로 완전히 바꿔져 있습니다. 또한 천국(天國)에 대한 해석도 「코란」은 다만 육욕을 만족케 하는 곳이라고 가르치고 있어 성서가 말하는 것과 전혀 다릅니다.

이슬람교가 금후 세계제패를 최후의 목표로 나아가고 있는 이상, 그 해석이 위에 기술한 대로 유태교나 그리스도교와 상이한 이상, 또한 지하드라는 과격한 가르침이 있는 이상, 반드시 문제가 야기되는 것은 충분히 예상할 수 있는 문제입니다. 이러한 이슬람교가 지금 유럽에서 비약적으로 늘어가고 있는 것입니다.

유럽에는 현재 2천 명 이상의 이슬람교 선교사가 파견되어 있으며, 이들은 열렬히 포교활동을 전개하고 있습니다. 그의 배경에는 오랜 기간의 그리스도교 역사 속에서 교회가 힘을 잃고 매력을 잃고 있는 점도 있을 것입니다. 말하자면, 오늘의 유럽 기독교가 전통이나 습관이라는 외형적인 것만 남고 몸체는 쇠퇴해 버린 상태에 있는 것입니다.

이처럼 기독교의 공동화(空洞化)된 현상을 메우는 방편으로 이슬람교, 인도의 종교, 선불교, 그밖의 여러 가지 신흥종교가 밀어닥치고 있는 것입니다. 말하자면, 유럽인의 마음의 틈 사이로 스며들어가고 있다는 것입니다. 사람들은 분명한 것을 갈구합니다. 알라에 의한 규율과 신앙이 새로운 이상적인 사회를 만드는 데 적합한 슬로건으로 유럽인의 마음을 사로잡고 있는 것입니다.

이제부터 유럽에서의 이슬람교도 수는 더욱 증가할 것으로 예상됩니다. 그러나 이 같은 현상은 거대 유럽 건설의 실현으로 향하고 있는 시점에서 문제가 되기도 합니다만, 한편으로는 성서가 말하는 종말 예언, 특히 유럽과 중동과의 관계에 있어서 하나의 필터가 될 것이라는 생각이 듭니다.

따라서 이제부터 유럽 이슬람교도의 움직임을 잘 관찰하여 두는 것이 중요합니다. 말하자면, 유럽에서의 이슬람교의 대두는 그 나름대로 의의가 있다는 것을 알 수가 있습니다. 여기에 관해서는 다음 장에서 생각해 보기로 하겠습니다.

V. 이스라엘과 성서적 예언

이스라엘은 세계의 축도(縮圖)

유럽의 약 백 년 전의 역사를 돌아봐도 그것은 혁명에 의한 싸움, 독재자에 의한 박해, 대학살, 민족 간의 다툼 등으로 전쟁과 전쟁의 연속임을 알 수 있습니다. 그야말로 참으로 비참한 역사의 반복이었습니다.

"사람은 평화를 구하기 위해 전쟁을 한다"라고 누군가가 말했습니다만, 그럴듯하게 들리는 말입니다. 만약 역사적으로 비극적인 비참성을 거론할 경우 유태인보다 더한 민족은 없을 것입니다. 아랍인과 유태인 간의 싸움은 「구약성서」의 아브라함 시대로 거슬러 올라가며, 그 싸움의 역사는 이미 약 4천 년의 세월을 갖고 있습니다. 지금까지 세계에서 얼마나 많은 사람들이 그들의 평화를 위해 노력해 왔습니까? 그러나 지금 현재에도 근본적인 해결의 실마리는 찾아볼 수가 없습니다.

이집트의 사다트 대통령은 1981년 10월, 제4차 중동전쟁을 기념하는 군사 퍼레이드 도중에 이스라엘과의 평화를 반대하는 군인에 의해 암살되었습니다. 노벨 평화상을 수상한 이스라엘의 이츠하르 라빈 수상은 1995년 11월, 자국 출신의 26세의 광신적(狂信的)인 유태교도에 의해 암살되었습니다.

그리하여 현재의 이스라엘에서는 팔레스타인 자치구의 팔레스타인인과 이스라엘 치안부대 사이의 충돌이 지금도 계속되고 있습니다. 평화를 교섭하는 자체가 생명을 거는 일이 되고 있는 것입니다.

저는 항상 '이스라엘은 세계의 축도'라는 생각을 갖고 있습니다. 이스라엘이야말로 세계가 해결해야 할 여러 가지 과제를 모두 안고 있기 때문입니다. 5,700년 이상 계속된 이스라엘의 역사를 여기에서 되돌아보기에는 지면이 너무나 부족합니다. 그러므로 여기에서는 이전 세기 동안의 이스라엘과 유태인에 관한 이야기만을 언급하기로 하겠습니다.

현재의 이스라엘에는 주로 팔레스타인인과 세계 각지에서 귀환한 유태인이 함께 살고 있습니다. 언어, 문화, 종교, 습관, 사고의 생활은 참으로 다양합니다. 그러한 사람들이 서로 섞여 일본의 시꼬꾸(四國) 정도 넓이의 국가에 살고 있는 것입니다. 이스라엘은 국가로서의 문제, 성도 예루살렘의 문제, 그리고 유태인에 관한 문제는 세계가 안고 있는 갖가지 문제들의 특성을 그대로 반영하고 있는 듯한 모습입니다.

원래 '예루살렘'이란 말은 '평화의 마을'이란 뜻입니다만, 참된 평화는 아직 먼 곳에 있습니다. 예루살렘에 평화가 찾아 들 때, 세계의 평화가 실현될 것입니다. 이스라엘을 읽는 것은 현재와 미래를 아는 중요한 요소가 됩니다. 따라서 이 장에서 는 히브리적인 관점에서 이스라엘과 유태인의 역사와 금후의 문제에 관해 생각해 보기로 하겠습니다.

20세기의 유태인

대다수 일본인에게는 이스라엘이나 유태인이라는 말을 하 면 생소하게 들릴지 모르겠습니다. 중년 이상의 사람이라면 기억하고 계실 것으로 믿습니다만, 1972년 5월 일본 적군파(赤 軍派)의 오카모도(岡本公三) 등 일본인 3명이 이스라엘의 롯드 공항(현재의 벤구리온 국제공항)에서 자동소총을 난사하여 26명 을 살해한 적이 있습니다.

'세계 동시혁명'을 슬로건으로 내건 「일본 적군파」는 일본 에서 중동으로 날아가 팔레스타인 게릴라의 과격파 조직과 공 동투쟁(共鬪)을 하고 있었습니다. 이 사건으로 일본인 2명은 사 살되고 살아남은 오카모도는 체포되어 군사법정에서 종신형

의 판결을 받았으나, 85년 팔레스타인측에 잡힌 이스라엘 병
사와의 교환조건으로 석방되었습니다. 이 사건을 계기로 일반
사람들이 이스라엘에 관해 좀더 자세히 알게 되는 계기가 되
지 않았나 봅니다.

유태인 학살

예루살렘에는 '얏드 밧셈(기념, 기억의 의미)'이라는 유태인
학살 기념관이 있습니다. 여기에는 제2차 세계대전 중 나치스
독일에 의한 학살(홀로코스트)에 관한 공문서, 필름, 기념품, 유
품 등이 있으며 당시의 처참한 양상을 생생하게 전하고 있습
니다.

홀로코스트
독일은 600만 명에 달하는 무고한
유태인의 목숨을 앗아갔다. 유태민족
의 깊음을 상징하고 있는 수용소 철
조망이 처연하기만 하다.

홀에는 가스실의 비극을 영원히 상징하는 청백의 불꽃이 타고 있는 가운데 유태민족의 깊은 슬픔을 호소하고 있습니다. 폴란드에서는 260만 명이, 그 대표가 아우슈비츠 수용소일 것입니다. 루마니아에서는 75만 명이, 독일 점령하의 소련에서도 75만 명의 유태인이 학살되었습니다.

독일 국내에서의 희생자는 닷하우 등에서 18만 명, 유럽 전체의 수는 약 6백만 명이나 됐습니다. 어떻든 한번 이 기념관을 찾는 사람은 이해가 되리라 봅니다만 "인간이 저렇게도 잔학할 수가 있을까?"라는 생각에 한기(寒氣)를 느끼며 치를 떨게 합니다.

그러면 유태인은 왜 박해를 당해야만 했습니까? 유태인은 유럽의 그리스도교 사회에서 박해를 당했습니다. 그리스도 교회는 그리스도를 잡아다 십자가에 매달은 사람이 유태인이라고 성서에 적혀 있으므로 유태인을 '미운 놈'으로 인식하였습니다.

중세 유럽에서는 돈을 취급하는 금융업은 '더러운 직업'으로 취급되어 차별당한 유태인에게 주어졌습니다. 그러나 유태인은 이 직업을 통하여 경제력을 키웠기 때문에, '돈 많은 유태인' '돈에 영리한 유태인'이라는 편견이 조장되었던 것입니다. 셰익스피어의 『베니스의 상인』에 등장하는 고리대금업자가 당시의 유태인의 이미지였습니다. 이 이미지에 의해 유태인은 더더욱 박해를 받는 악순환이 반복되었습니다.

그리하여 게토(Getto)가 유럽 각지에 만들어져 유태인은 일반 사회로부터 격리되어 게토에서 제한된 괴로운 삶을 강요당했습니다.

나치스 히틀러가 나온 독일에는 당시 이미 많은 유태인이 경제력을 쥐고 있던 관계로 유태인을 추방하는 분위기가 고조되어 있었습니다. 그리하여 독재자에 의한 저 가공할 대학살(大虐殺) 즉, 홀로코스트로 에스컬레이트 되어 간 것입니다. 결과적으로 600만 명이라는 많은 유태인이 목숨을 잃었습니다.

그들에게는 1,800년 이상의 기간 동안, 자신들의 국가도 없이 언제나 유랑자(流浪者)로서 타국에서 그것도 하층류의 인간 취급밖에 받지 못했습니다. 유태인은 동물이나 가축처럼 취급되어 더러운 일을 하게 했습니다. 그리하여 무엇인가 사건이 터지기만 하면 "그것은 유태인의 짓이다"라는 말이 퍼지는 지경이었습니다.

유럽에서는 현재도 유태인에 대한 편견은 남아 있습니다. 어쨌거나 유태인은 동유럽에서는 가장 큰 미움의 대상이었습니다. 긴 역사 속에서 그리스도교도와 유태교도와의 사이에 생긴 균열은 대단히 깊어져 유태인은 항상 희생양이 되었습니다.

시오니즘 운동

1945년 제2차 세계대전이 끝나 유태인이 혹독한 고난을 받았다는 사실이 알려지자 국제 여론은 유태인을 동정하게 됐습니다. 그리하여 '유태인 독자의 국가를 만들고 싶다'라는 주장에 귀를 기울이게 되었습니다. 그들에게 '1800년 이상 이전에 있었던 유태인의 국가를 재건하고 싶다'는 열망과 운동이 시작되었습니다.

1897년 스위스 바제르에서 「제1회 시오니스트 회의」가 열렸습니다. 그의 제안자는 데오돌 헤르츠에르라는 사람이었습니다. 헤르츠에르는 오스트리아의 저널리스트로서 활약을 하여 왔으나 유럽에서의 유태인에 대한 박해를 목격하면서 유태인 국가를 만드는 필연성을 자기 저서인 『유태인의 국가』(1896)에 호소했습니다.

그는 유태인이 박해를 받아온 것은 유태인이 안심하고 살 수 있는 국가가 없기 때문이라고 주장하여, 어떤 수단으로든지 국가를 건설을 할 필연성을 강력하게 호소했습니다. 헤르츠에르는 "자기들은 그 국가에 들어가 살게 되지는 않을 것이다. 자기들의 아이들도 살 수 없을지 모른다. 그러나 만약 자기들의 손자나 증손자들이 그들의 국가에서 안심하고 살 수 있으면 그것으로 좋은 것이 아닌가!"라고 호소하였습니다.

그러나 당시에는 반대자의 목소리도 커 각국과의 교섭은 성공하지 못했습니다. 헤르츠에르는 드디어 마음속에 열을 태운 나머지 1904년 폐렴으로 사망하기 직전까지 유태국가 건설을 위해 분주하게 뛰어다녔습니다. 그리하여 "만약 당신이 원하기만 한다면 그것은 결코 신화가 될 수 없다"라는 유명한 말을 남기고 세상을 떠났습니다.

이스라엘 건국

유태인이 안주할 수 있는 땅은 어디겠습니까? 그것은 하나님이 그들 조상인 아브라함에게 약속의 땅으로 준 팔레스타인(이스라엘)입니다. 그 땅에는 그들의 신전이 있는 예루살렘이 있으며 시온의 언덕이 있습니다. 그리하여 그들은 "시온의 땅으로 돌아가자"라고 외쳤던 것입니다. "시온의 언덕으로 돌아가자!"(시오니즘)라는 운동이 강해져 그들은 "내년에는 꼭 예루살렘에서!"라는 구호를 외치며 시온의 언덕으로 귀환하는 운동을 전개시켰습니다.

1948년 5월 14일 오후 4시, 텔아비브의 「텔아비브 미술관」에서 초대 이스라엘 수상 데이비드 벤구리온은 역사적인 「이스라엘 건국」을 선언했습니다. 이 일은 성서에서 말하는 종말(終末)에 일어나는 중요한 예언의 하나입니다. 부흥 이스라엘에 관해서는 다음 장에서 자세히 기술하기로 하겠습니다.

'이스라엘'이란 히브리어로 '신의 전사(戰士)'라는 의미입니다. 그들은 고대에 존재한 국가의 이름을 부활시켰던 것입니다. "유태인에게 독립국가를!"이라는 강한 염원이 이루어진 것을 기뻐하는 사람들이 거리로 쏟아져 나와 '하데이쿠바' 국가(國歌)를 부르며 춤을 추었습니다.

그러나 그 다음날, 이스라엘의 국가를 인정하지 않는 「아랍연합」(이집트, 시리아, 요르단, 레바논, 이라크)이 이스라엘을 공격하여 제1차 중동전쟁이 시작되었습니다.

중동전쟁

제1차 세계대전이 시작되기까지 팔레스타인을 포함한 아랍 지방은 오스만 터키제국의 영토였습니다. 제1차 세계대전 중인 1917년 11월 영국의 외상(外相) 바르화가 예루살렘 지방의 유태계 금융 자본가의 협력을 얻기 위해 유태인이 장차 자기들의 국가를 세울 것을 인정했습니다.

이를 「바르화 선언」이라고 말합니다. 그런데 그는 팔레스타인에 살고 있는 아랍인에게도 독립을 약속했습니다(「맥마혼 선언」). 이것을 안 아랍인은 분격했습니다.

유태인들은 서기 70년부터 망국(亡國)의 민족이 되어 있었습니다. 7세기부터 아랍·이슬람교도가 팔레스타인을 점령하여 정주하였습니다. 16세기 이후에는 오스만 터키제국의 영토가 되었습니다. 제1차 세계대전이 시작되자 오스만 터키는 독일 측에 붙어 영국과 프랑스와 싸워 중동은 격심한 전쟁터가 되었습니다. 그 전쟁이 끝나자 「바르화 선언」에 의해 유럽 각지에서 유태인들이 팔레스타인에 들어오기 시작했습니다.

한편, 팔레스타인 사람들도 민족주의를 얻어 긴 세월 동안 살아온 땅이었으므로 소유권을 주장하여 오스만 터키로부터 독립을 얻었습니다.

그 후 영국과 프랑스가 비밀협정에 의해 중동을 분할 지배하게 됐습니다. 영국은 요르단 강의 서측을 지배했는데, 그것이 팔레스타인이 되었습니다. 그 후에도 영국은 통치를 계속

했습니다만 제2차 세계대전이 끝나자 전쟁의 아픔에 시달려야
했던 영국은 더 이상 팔레스타인을 통치할 힘이 없었습니다.

다른 한편, 나치스 독일에 의해 학살된 유태인에 대해 세계
여론은 동정적이 되어 ‘유태인의 팔레스타인 이주를 인정하
자’라는 움직임이 활발해졌습니다. 그리하여 영국은 팔레스타
인을 어떻게 할 것인가를 「UN」(국제연합)의 판단에 맡기게 했
습니다.

그 결과 1947년 11월 29일 유엔총회에서 ‘팔레스타인 분할’
을 결의했습니다. 팔레스타인의 56퍼센트 지역에 ‘유태국가’
를, 43퍼센트 지역에 ‘아랍국가’를 건설하며, 양자에게 성지 예
루살렘만은 ‘국제 관리지역’으로 한다는 것이었습니다.

이 분할 안에 따라 이스라엘이 건국됐습니다. 그러나 이스
라엘을 인정하지 않는 아랍연합과의 전쟁(제1차 중동전쟁)에서
이스라엘은 유엔이 분할해 준 지역을 상회한 지역까지 점령하
는 결과를 가져왔습니다. 그것은 팔레스타인 전 영토의 77퍼
센트에 해당되는 땅이었습니다. 나머지 땅은 요르단과 이집트
가 지배하고 있습니다.

이렇게 해서 팔레스타인은 세 지역으로 분단되었습니다. 그
후에도 중동에서의 전쟁은 끊이지 않았고, 지금까지 4회에 걸
친 전쟁이 있었으며 대규모 전쟁까지 이르지 못한 분쟁은 수
도 없을 정도입니다.

수에즈 전쟁

이스라엘 건국과 함께 시작된 제1차 중동전쟁은 이스라엘의 건국을 동반하였으므로 이스라엘은 '독립전쟁'이라고 부르고 있습니다. 제2차 중동전쟁은 1956년 10월에 일어났습니다. 원인은 이집트가 수에즈 운하를 국유화한 데 대해 운하회사의 주식의 태반을 갖고 있던 영국과 프랑스는 이에 노하여 이스라엘을 움직여 이집트를 공격하게 했습니다.

이 전쟁은 '수에즈 전쟁'이라고도 불립니다. 이 전쟁은 미·소가 강력히 반발한 관계로 각각의 군대는 얼마가지 않아 철수했습니다.

6일 전쟁

다음은 1967년 6월 5일에 일어난 제3차 중동전쟁입니다. 이 전쟁은 불과 6일간으로 이스라엘의 압도적인 승리로 끝이 났습니다. 이것을 이스라엘에서는 '6일 전쟁'이라고 부르고 있습니다.

전쟁의 원인은 이집트, 시리아가 이스라엘에 대한 군사적인 압력을 강화한 데 반발하여 이스라엘이 먼저 선제공격(先制攻擊)을 감행했던 것입니다. 개전 초일에는 이집트 공군기가 활주로에서 채 날기도 전에 이스라엘 공군의 맹공을 받고 괴멸되었습니다.

이때의 병력은 이스라엘 1명당 아랍측은 60명이었습니다.

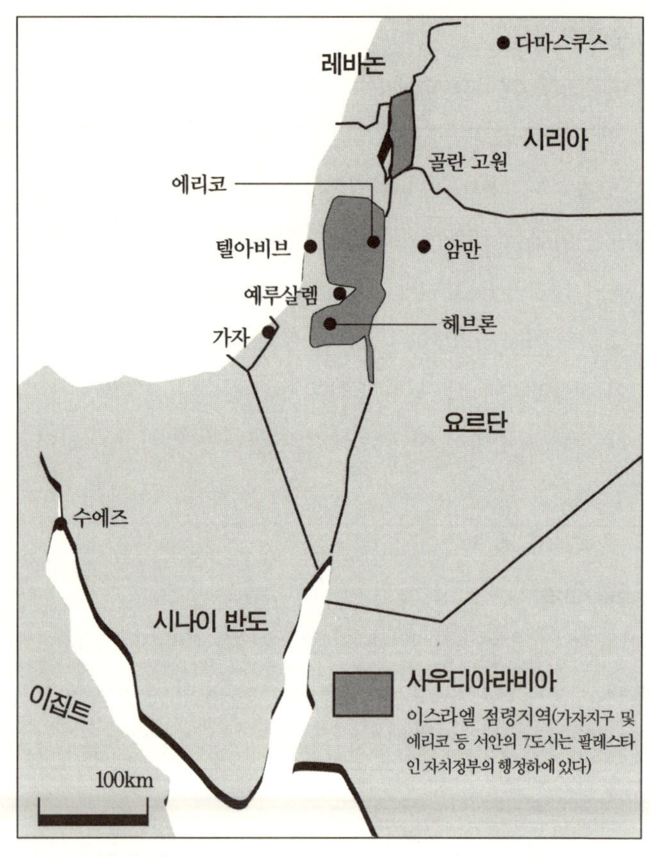

팔레스타인과 주변의 지도

영토는 아랍의 영토에 비해 672분의 1이었습니다. 누구든지 무모한 이스라엘의 전투가 패배할 것으로 예상했으나 결과는 정반대가 되었습니다.

이 전쟁에서 이스라엘은 요르단령이었던 요르단 강 서안,

즉 이집트령이었던 가자 지구와 시나이 반도 전역, 나아가 시리아령의 골란 고원을 점령했습니다. 말하자면, 이 '6일 전쟁'으로 이스라엘은 이스라엘과 팔레스타인 전 지역을 통제하게 됐습니다. 특히 요르단 강 서안에는 성지 예루살렘의 전역이 포함되어 있습니다. 유태인에 있어서는 성지인 '통곡의 벽'도 이 '6일 전쟁'에서 이스라엘이 손에 넣었던 것입니다.

오일 쇼크

제1차, 3차의 중동전쟁에서 이스라엘은 영토를 넓혔으나 제4차 중동전쟁에서는 고전했습니다. 그것은 1973년 10월 6일 이스라엘에서는 마침 '욤 키풀(속죄의 날)'이라고 불리는 때여서, 유태인은 이날 24시간 단식을 하며 외출을 하지 않고 조용히 지내고 있던 날이었습니다.

이집트군과 시리아군은 이 날을 택하여 이스라엘에 대해 기습공격을 가했습니다. 불의의 기습을 받은 이스라엘은 처음에는 고전을 면치 못했습니다. 이때 만약 미국으로부터 원조를 받지 못했으면 이스라엘은 패배했을 것이라는 이야기입니다.

이 전쟁에서 지배지역의 변화는 없었으나 세계를 뒤흔든 오일 쇼크가 발생하자 방대한 석유자원을 손에 넣고 있는 아랍 제국은 석유가 무기가 될 수 있다는 데 눈을 뜨게 되었습니다.

제4차 전쟁 이후 아랍 제국은 석유의 방대한 부로써 소련과 프랑스에서 최신예 무기를 구입했습니다. 말하자면 '석유가 무기가 되었다'는 말은 제4차 중동전쟁이 계기가 되었던 것입니다.

팔레스타인 난민

계속되는 중동전쟁과 분쟁으로 팔레스타인에 원래 살고 있던 아랍인들은 땅을 빼앗기고 전화를 피해 팔레스타인에서 도망가기 시작했습니다. 이것이 '팔레스타인 난민'이라 불리는 사람들입니다. 지금까지 230만 명의 팔레스타인 난민이 주변 제국으로 흘러들어 갔습니다. 팔레스타인 난민은 아랍인들입니다.

그런데 이스라엘로부터 빼앗긴 팔레스타인의 땅을 도로 찾을 목적으로 만들어진 조직이 PLO(팔레스타인 해방기구)입니다. 1964년 발족 당시 아랍 제국이 만들 그때는 꽤 온건한 조직이었습니다. 그러나 '6일 전쟁'으로 아랍 제국이 쓰라린 타격을 입은 후인 1969년 2월, 아라파트가 의장이 된 이후 PLO는 전투적인 조직으로 변신했습니다.

PLO는 커다란 연합체로서 내부에는 여러 갈래로 생각이 다른 사람들이 소속된 조직체입니다. 이들 각파가 여러 모양의 테러나 게릴라 활동을 확대하게 된 것입니다.

'인테인화더'라고 불리는 대중봉기가 있습니다. '인테인화더'란 아랍어로 '털어 버린다'란 뜻입니다. 이는 이스라엘군에 대한 투석 등으로 저항운동을 하는 팔레스타인 주민의 행동을 가리키는 말입니다. 인테인화더에는 어린이도 실제로 저항운

동에 참가하며 지금까지 수많은 사상자를 냈습니다. 현재도
그 저항은 계속되고 있습니다.

그 후 1990년 8월에는 이라크군의 쿠웨이트 침공으로 '걸프
전쟁'이 시작되어 중동정세는 더욱 복잡해졌습니다. PLO의 최
대 자금지원은 쿠웨이트에서 나왔음에도 PLO는 재빨리 이라
크를 지지했습니다.

이에 화가 난 쿠웨이트 망명정권은 PLO에 대한 자금지원을
끊어버렸습니다. 이라크의 위협을 받고 있던 사우디아라비아
도 원조를 중단했습니다. 그리하여 PLO는 제대로 활동하기가
어려울 정도로 자금부족의 시련을 받게 됐습니다. 그리하여
그 주위 아랍국가들로부터 고립되는 정치적인 아픔을 겪어야
만 했습니다.

그 후 PLO와 이스라엘 문제의 복구를 위해 노르웨이가 나
섰습니다. 1993년 9월 홀스트 외상(外相)이 중재에 나서 팔레스
타인 자치(自治)를 전제로 한 합의가 성립되었습니다. 이것은
노르웨이 수도 오슬로에서 계속된 교섭의 결과로서 '오슬로
합의'라고 불립니다.

내용은 이스라엘이 점령하고 있는 팔레스타인에서 순차적
으로 철퇴하여 팔레스타인 주민의 자치를 인정한다는 내용입
니다. '합의' 조인식은 9월 13일 미국의 클린턴 전 대통령을 보
증인으로, 워싱턴의 백악관에서 행해졌으며 아라파트 의장과
라빈 수상은 여기서 어색한 악수를 나누었습니다. 그 후 팔레

스타인 통치기구가 생겨나 아라파트가 의장으로 선임되어 오늘에 이르고 있습니다.

그 후 이스라엘에서는 라빈 수상의 암살사건이 일어나 정권은 평화 문제에 소극적인 네타니에후 수상으로 넘어가고, 평화교섭은 진전을 볼 수 없게 됐습니다. 1999년 5월의 선거에서 라빈의 노선을 잇는 바라크 수상이 뽑혔습니다.

그러나 그 후 2000년 9월에 발생한 팔레스타인 자치구의 팔레스타인인과 이스라엘 치안부대의 충돌은 더욱 격렬해져 쌍방이 수백 명의 사상자를 냈습니다. 그러나 그것은 각 지방으로 비화되어 긴박감이 계속되고 이스라엘과 팔레스타인 사이의 충돌은 여전히 큰 문제로 남아 있습니다.

이 분쟁 중, 2001년 2월 이스라엘 수상 선거가 이루어져 우파 리쿠르드 당의 샤론 당수(黨首)가 63퍼센트라는 압도적인 지지를 얻어 당선되었습니다. 샤론은 매파 색깔을 약간 죽이고 정권 강화를 위해 노동당 바라크를 국방상으로 맞이하여 '거국내각'을 수립하였으나 누가 수상이 되어도 이스라엘을 이끌어 가는 것은 참으로 어려운 문제입니다.

문제는 예루살렘

중동평화의 최대의 초점은 예루살렘의 귀속(歸屬) 문제입니다. 제2차 세계대전 후 유엔의 개입에 의해 예루살렘은 '국제 관리 지구'로 지정되었습니다만 앞서 언급한 대로 제1차 중동전쟁의 결과 이것이 지켜지지 못하게 됐습니다. 그리하여 잇달아 일어난 제3차 중동전쟁(6일 전쟁)에서 이스라엘은 예루살렘을 그들의 점령하에 뒀습니다.

이스라엘은 '예루살렘은 이스라엘의 수도다'라는 자세를 누그러뜨리지 않고 있는 한편, 팔레스타인측도 이 예루살렘을 '팔레스타인 국가'의 수도로 삼고 싶다는 생각을 버리지 않고 있습니다. 어느 쪽도 양보하지 않는 원칙을 어떻게 조화시키고 조정하느냐가 문제의 핵심입니다.

2000년 9월에 시작된 이스라엘과 팔레스타인 자치구와의 충돌은 이스라엘 리쿠르드 당의 샤론 당수가 예루살렘 신정의 언덕에 들어 가려한 데서 발단이 되었습니다. 충돌은 삽시간에 비화하여 팔레스타인 자치구로 확대되어 많은 부상자가 속출했습니다. 이 사건에 관해 일본의 미디어를 통하여 들어온 뉴스는 아랍측 일변도의 일방적인 내용이 많아 대단히 마음 아프게 생각되었습니다.

이는 이스라엘에 있는 친우들로부터 듣는 뉴스와 일본의 매스컴이 보도하는 뉴스와는 크게 차이가 있다는 것입니다. 일방적인 뉴스를 액면 그대로 받아들여 매스컴 선도(先導)에 의해 일방적인 판단을 내리기 쉬운 사회가 되어 버린다면, 이야말로 무서운 결과를 낳게 될 것입니다.

정보가 단시간에 전 세계에 퍼져나가는 IT 시대이기에 이같은 염려는 더욱 큰 것입니다. 이제부터의 시대는, 특히 이스

예루살렘에 있는 '통곡의 벽'
유태인들은 이곳에서 간절한 기도를 올려 왔다.

라엘의 문제에 관해서만은 매스미디어에 의해 사람의 생각이 조작되거나 일방적으로 이끌려지게 되는 일이 없기를 바라는 마음 간절합니다.

예루살렘은 '3개 종교의 성지'라고 불리는 특수한 곳입니다. 유태교도의 경우 현재 이슬람교의 '바위의 돔'이 있는 땅은 성지(聖地)의 중심이 있는 모리야의 언덕입니다. 그곳은 이전에 조상 아브라함이 자기의 아들 이삭을 하나님께 바쳤던 바로 그 지점입니다. 현재 여기에 들어오지 못하는 유태인 교도는 그 옆에 있는 '통곡의 벽'(제2 신전[神殿] 시대의 서벽[西壁]의 일부) 앞에서 철야기도를 올리고 있습니다.

이슬람교도는 마호메트가 이 바위에서 승천한 것으로 믿고 있으며 그들에게도 성지인 것입니다.

152

그의 서쪽에는 성분묘(聖墳墓) 교회가 있는데 그곳은 그리스도 교도에게는 중요한 장소로서, 그리스도의 십자가가 세워진 골고다의 언덕이었다고 이야기되는 곳입니다.

이처럼 토지의 문제는 이들 3개 종교의 신도들에게는 서로 양보할 수 없는 큰 문제입니다. 그것은 흡사 복잡하게 늘어진 실타래가 간단하게 풀리지 않는 것과도 같습니다.

성서의 예언

신의 계획

우리들은 여기까지 구 소련·동유럽의 이데올로기의 실태와 그의 붕괴를 보아 왔습니다. 그리하여 유럽에서 현재 대두되고 있는 인구 3억 7천만 명의 '거대 유럽' 실현을 향한 심상치 않는 움직임을 보아 왔습니다.

그리고 세계의 화약고인 중동 이스라엘과 아랍의 관계를 생각해 왔습니다. 그러나 불과 100년 정도의 역사의 추이를 돌아본 것에 불과한데 세계는 너무나 비참하고도 많은 문제가 혼재되어 있습니다.

그러나 우리는 역사의 배후에 눈을 멈출 필요가 있습니다. 1989년 11월 베를린 장벽의 붕괴는 구 소련·동유럽 제국의 붕괴로 이어졌습니다. 그것은 긴 세월 동안 계속된 동서 유럽의 냉전구조(冷戰構造)의 종말이 되기도 하고, 나아가 유럽이 거대 유럽으로 옮겨가는 과정으로 인도되고 있음을 알게 됐습니다.

이전 세기에 시작된 시오니즘이 가속화되고, 큰 도화선이 된 것은 홀로코스트였습니다. 1948년에 유엔의 개입으로 팔레스타인의 땅에 이스라엘 국가가 건설된 것은 실로 경이적인 사건이라 아니 할 수 없습니다. 한번 멸망한 국가가 재건(再建)된 일은 역사상 거의 전례가 없기 때문입니다.

게다가 소국 이스라엘이 네 번에 걸친 중동전쟁에서 살아남았습니다. 이웃이 적국인 아랍 제국에 둘러싸인 채, 이스라엘은 오늘도 세계 각지에서 귀환하는 유태인을 받아들이고 있습니다. 독자 여러분은 이러한 현실이 참으로 이상하다는 느낌이 들지 않습니까? 역사는 도대체 이제부터 어떤 식으로 발전해 가는 것입니까? 거듭 말하지만, 히브리적인 관점에서 보는 역사관은 '출발점이 있고 목표지점(goal)이 있다'는 것입니다.

금후, 세계가 어떻게 되어 가는가를 이해하는 관건은 결론적으로 말해 「이스라엘에 관한 예언」에 달려 있습니다. 지금부터의 역사의 향방과 세계의 문제를 푸는 열쇠는 성서(聖書) 가운데 숨겨져 있습니다.

성서는 천지를 창조한 신의 계시의 글입니다. 이 성서에는 역사의 시작과 목표하는 바가 기록되어 있기 때문에 이 신의 마스터플랜(종합계획)을 아는 것이 가능하다면, 금후 전개되는 세계가 지향하는 목표도 눈에 들어올 수 있을 것입니다.

아브라함 계약

성서의 기본이 되는 것은 하나님이 아브라함과 약속한 '아브라함 계약'입니다. 하나님에 의해 선택된 아브라함은 유태인들의 중요한 축(軸)이 되어 왔습니다. 그뿐만 아니라 유태인이외의 민족, 즉 이방인에게도 영향을 주는 기본적인 계약이되고 있습니다. 먼저 「창세기」에서부터 펼쳐 보기로 하겠습니다.

> 여호와께서 아부람(나중에 아브라함)에게 이르시되 너는 너의 본토 친척 아비 집을 떠나 내가 네게 지시할 땅으로 가라. 내가 너로 큰 민족을 이루고 네게 복을 주어 네 이름을 창대케 하리니 너는 복의 근원이 될지라. 너를 축복하는 자에게는 내가 복을 내리고 너를 저주하는 자에게는 내가 저주하리니 땅의 모든 족속이 너로 인하여 복을 얻을 것이니라. (창세기 12 : 1~3)

이 아브라함 계약은 여러 가지 해석이 가능합니다. 다음의세 가지 약속을 찾아볼 수 있습니다.

그 첫째는, 땅의 약속입니다.

'너는 네가 태어난 본토 친척 아비 집을 떠나 내가 네게 지시할 땅으로 가라'고 하나님은 이 계약의 처음에 토지의 약속을 주셨습니다. 자기의 소유지인 경우에는 안심하고 살 수가 있습니다. 유태인들은 서기 70년에 로마군에 의해 예루살렘의 도읍이 붕괴되었고, 그 후 이산민족(離散民族, 디아스포라)이 되었습니다. 그리하여 이스라엘이 건국된 1948년까지(약 1900년 간) 그들은 자기들의 조국과 토지를 갖지 못했습니다.

그러나 그들에게는 그들의 땅이 약속되어 있습니다. 성서를 믿는 사람은 "이스라엘은 반드시 돌아온다"라고 믿고 있습니다. 그 이유는 모두 성구에 있습니다.

네 하나님 여호와께서 너를 네 열조가 얻은 땅으로 돌아오게 하사 너로 다시 그것을 얻게 하실 것이며 여호와께서 또 네게 선을 행하사 너로 네 열조보다 더 번성케 하실 것이며……. (신명기 30 : 5)

곧 내가 오늘날 너를 명하여 네 하나님 여호와를 사랑하고 그 모든 길로 행하며 그 명령과 규례와 법도를 지키라 하는 것이라. 그리하면 네가 생존하며 번성할 것이요, 또 네 하나님 여호와께서 네가 가서 얻을 땅에서 네게 복을 주실 것임이니라. (신명기 30 : 6)

내가 오늘날 너희에게 선언하노니 너희가 반드시 망할 것이라. 너희가 요단을 건너가서 얻을 땅에서 너희의 날이 장구치 못할 것이니라. (신명기 30 : 18)

네 하나님 여호와를 사랑하고 그 말씀을 순종하며 또 그에게 부종(附從)하라. 그는 네 생명이시요, 네 장수이시니 여호와께서 네 열조 아브라함과 이삭과 야곱에게 주리라고 맹세하신 땅에 네가 거하리라. (신명기 30 : 20)

이상은 '토지의 계약' 또는 '팔레스타인의 계약'이라 불리는 대목입니다. 당시 팔레스타인은 이스라엘의 중심이었던 시나이 반도까지 광범위한 땅이었습니다. 이 땅이 주어진다는 것이 성서의 약속입니다. 유태인은 성서의 이 약속을 믿고 팔레스타인의 땅, 이스라엘의 국가를 건설하였습니다. 이렇게 생각하면 유태인들이 왜 팔레스타인의 땅에 돌아가 토지 소유권을 주장하고 있는지 이해가 가실 것입니다.

둘째로, 아브라함에게 임한 약속은 자손의 축복입니다.

내가 너로 큰 민족을 이루고 네게 복을 주어 네 이름을 창대케 하리니 너는 복의 근원이 될지라. (창세기 12 : 2)

하나님은 아브라함에게 자손의 약속을 해주셨습니다. 그러나 아브라함의 처 사라는 불임(不姙)의 여성이었으므로 자신에게 아이가 주어진다는 것은 기적이었습니다. 사라는 자기에게 아이가 생긴다는 이야기를 들었을 때에 '웃었다'(창세기 18 : 13)라고 했습니다.

성서에는 아브라함의 자손은 "하늘의 별의 수와 같이 될 것이다" 또는 "바닷가의 모래알처럼 될 것이다"라고도 했습니다. 환언하자면, 하나님의 약속인즉 "너희는 큰 민족이 될 것이다"라는 것이었습니다.

전에 내가 사사를 명하여 내 백성 이스라엘을 다스리던 때와 같지 않게 하고 너를 모든 대적에게서 벗어나 평안케 하리라. 여호와가 또 네게 이르노니 여호와가 너를 위하여 집을 이루고 네 수한(壽限)이 차서 네 조상들과 함께 잘 때에 내가 네 몸에서 날 자식을 네 뒤에 세워 그 나라를 견고케 하리라. 저는 내 이름을 위하여 집을 건축할 것이요, 나는 그 나라 위를 영원히 견고케 하리라. 나는 그 아비가 되고 그는 내 아들이 되리니, 저가 만일 죄를 범하면 내가 사람 막대기와 인생 채찍으로 징계하려니와 내가 네 앞에서 폐한 사울에게서 내 은총을 빼앗은 것같이 그에게서는 빼앗지 아니하리라. 네 집과 네 나라가 네 앞에서 영원히 보전되고 네 위가 영원히 견고하리라 하셨다 하라. 나당이 이 모든 말씀과 이 모든 묵시(默示)대로 다윗에게 고하니라. (사무엘하 7 : 11~17)

이스라엘은 계도사회(系圖社會)로서 그의 계도를 읽으면 아브라함의 자손에서 다윗이 태어났음을 알게 됩니다. 다윗은 나중에 예수 그리스도의 가계에도 등장하는 이스라엘의 역사에는 대단히 중요한 인물입니다.

앞의 성구는 그 다윗에 주어진 약속으로서 '다윗 약속'이라고도 불립니다. 이처럼 아브라함의 자손이 늘어난다는 약속은 '아브라함 계약'에서 비롯되었습니다.

하나님이 맺어 주신 아브라함과의 계약의 세 번째 약속은 '축복의 약속'이었습니다. 성서가 말하는 축복은 일반적으로 우리들이 이해하는 축복과는 다릅니다. 실은 성서 중에 축복이라는 말은 여러 곳에 나옵니다. 그 중에는 인간이 구하며 필요로 하는 물질적인 축복, 정신적인 축복, 그리고 영적인 축복의 세 가지의 요소가 포함되어 있습니다. 하나님이 주시는 축복은 하늘 나라 수준의 축복입니다.

아브라함의 자손인 유태인은 이 세 가지 축복을 받는다는 것이 하나님의 약속입니다. 세계 인구에 비추어 얼마 되지 않는 유태인이 어느 시대를 막론하고 어찌해서 주목을 받는 것입니까?

유태인에게 금, 다이아몬드, 비즈니스 투자가가 많은 이유하며, 노벨 수상자 중에 유태인이 압도적으로 많은 이유는 무엇입니까? 전에 이스라엘 대사를 지낸 아슈르 나임 씨는 이런 말을 했습니다.

"내가 한국에서 대사로 있을 때의 이야기입니다. 어떤 텔레비전에 초청연사로 나간 적이 있는데 사회자가 나에게 이렇게 물었습니다. '대사님, 노벨 수상자의 거의 20퍼센트가 유태인인데, 유태인의 우수성을 말해 줄 수 없습니까?'"

설마하니, 이런 질문이 나올 것이라고는 예상하지 못했던 대사는 자못 놀랐습니다. 그러나 그 텔레비전은 생중계였던 관계로 무언가 답하지 않으면 안 될 입장이었습니다. 그래서 대사가 답하기를 "아닙니다. 그 비밀은 가르쳐 드릴 수가 없습니다. 비밀을 말해 버리면 더 이상 유태인이 노벨상을 탈 수 없기 때문입니다……."

성서의 관점에서 보면 하나님은 유태인을 하나의 축복의 모델로 내세워 전 인류에게 제시하고 있는 것을 알 수가 있습니다. 계약의 신과 함께 걸을 때 축복의 원칙이 작용하기 시작하는 것입니다. 성서 계약이란 말은 인류에 대한 중요한 키워드가 됩니다. 왜냐하면, 거기에서부터 비밀 수수께끼가 풀어지기 때문입니다.

성서가 계약(契約)의 문화인 것같이 유태사회도 계약의 문화입니다. 유태인은 계약을 맺을 때 '계약을 끊는다'라는 표현을 씁니다. 그것은 이미 계약의 표시로서 동물을 잘라 죽여 굳은 맹세의 약속을 한 데서 유래했습니다. 계약은 동물의 생명을 빼앗을 정도로 목숨을 거는 행위입니다.

하나님이 아브라함과 그의 자손에게 주신 약속도 실은 이처럼 생명을 건 약속이었습니다. 하나님이 약속하신 축복의 방법에서 그의 절대적인 계약의 깊은 뜻을 아시게 되면 다행으로 생각합니다.

종말예언

하나님의 불가사의한 책인 성서는 이제부터의 역사적인 추이를 예언하고 있습니다. 성서에는 다수의 예언이 쓰여 있습니다만, 만약 지금까지 예언이 적중하지 않았다면 이 장을 읽을 필요도 없을 것입니다. 그런데 지금까지 놀랍게도 그 예언이 맞아떨어지지 않은 것이 없습니다.

예를 들면, 예수 그리스도에 관한 것입니다. 그리스도가 언제 어디서 탄생하여 어떤 생애를 보내고 어떤 모양으로 예루살렘 성으로 입성하며, 그리고 인류를 대신해서 죽게 되는가에 관한 이야기입니다.

그리스도 강림의 예언은 「구약성서」에 약 350군데나 나오며, 이들은 사실대로 다 이루어졌습니다. 여기서 성서의 종말예언에 관해 다음의 세 가지를 말하고자 합니다.

이스라엘의 부흥

한번 파괴된 국가가 재건된 예는 대단히 드문 일입니다. 그러나 유태인들은 그것을 경험했습니다. 서기 70년에 예루살렘의 도읍이 파괴되어 그 이후 유태인은 이산민족으로 세계에 흩어졌습니다. 그리하여 1948년 다시금 유태인이 팔레스타인에 돌아와 유엔이 승인한 이스라엘 국가를 건설하였습니다. 이것은 역사상에 있었던 사실이며 지금도 우리들은 이스라엘을 찾아 그것을 확인할 수가 있습니다. 이스라엘의 재건에 관해 에스겔은 다음과 같이 예언했습니다.

또 내게 이르시되 너는 이 모든 뼈에게 대언(代言)하여 이르기를 너희 마른 뼈들아 여호와의 말씀을 들을지어다. 주 여호와께서 이 뼈들에게 말씀하시기를 내가 생기(生氣)로 너희에게 들어가게 하리니 너희가 살리라. 너희 위에 힘줄을 두고 살을 입히고 가죽으로 덮고 너희 속에 생기를 두리니 너희가 살리라. 또 나를 여호와인 줄 알리라 하셨다 하라. 이에 내가 명(命)을 좇아 대언하니 대언할 때에 소리가 나고 움직이더니 이 뼈, 저 뼈가 들어맞아서 뼈들이 서로 연락하더라. 내가 또 보니 그 뼈에 힘줄이 생기고 살이 오르며 그 위에 가죽이 덮이나 그 속에 생기는 없더라. (에스겔 37 : 3~8)

이 성구를 읽을 때마다 대학살을 겪은 유태인의 생각이 떠오릅니다. 조국을 잃고 죽음을 당하기 위해 가스실에 들어간 유태인들은 생기를 잃고 말라 빠져 앙상한 뼈와 같았을 것입니다. 그러나 하나님은 그들에게 하나님의 계획을 주셔서 헤르츠에르에 의해 제창된 시오니즘의 운동을 통하여 약속의 땅으로 유태인을 귀환케 하는 운동을 하게 했습니다.

또 내게 이르시되 인자야 너는 생기를 향하여 대언하라. 생기

에게 대언하여 이르기를 주 여호와의 말씀에 생기가 사방에
서부터 와서 이 사망을 당한 자에게 불어서 살게 하라 하셨다
하라. 이에 내가 그 명대로 대언하였더니 생기가 그들에게 들
어가매 그들이 곧 살아 일어나서 서는데 극히 큰 군대더라.
또 내게 이르시되 인자야 이 뼈들은 이스라엘 온 족속이라 그
들이 이르기를 우리의 뼈들이 말랐고 우리의 소망이 없어졌
으니 우리는 다 멸절(滅絶)되었다 하느니라. 그러므로 너는 대
언하여 그들에게 이르기를 주 여호와의 말씀에 내 백성들아
내가 너희 무덤을 열고 너희로 거기서 나오게 하고 이스라엘
땅으로 들어가게 하리라. (에스겔 37 : 9~13)

지금도 많은 유태인들이 약속의 땅 이스라엘로 귀환하고 있
습니다. 1989년 베를린의 장벽이 무너진 이후 유럽에서 유태
인의 귀환 수는 매우 증가하고 있습니다. 소련 러시아에서 귀
환한 유태인의 수만도 이미 100만 명에 달하고 있습니다.

현재의 이스라엘 총인구의 6분의 1이 러시아에서 귀환한 유
태인들입니다. 그의 배후에는 러시아 국내에서의 반유태인 사
상이 고조된 데 있습니다. 모스크바의 유태인 문화센터는 지
금까지 여러 차례 폭파되었습니다. 모스크바에 본부를 둔 반
유태 조직인 「파미치」는 그 세력을 강화하고 있습니다.

러시아에서 「시나고그」(유태교회당)를 세운 유태인 지도자
구신스키 씨는 사기죄로 체포되어 얼마 후에 석방됐습니다.

몸의 위험을 느낀 구신스키 씨는 국외로 나갔으나 2000년 12월 12일 국제경찰기구를 통하여 스페인에서 체포되어 러시아로 되돌려졌습니다.

다른 체첸 분쟁에서, 난민문제가 있는 그루지아에서도 유태인은 귀환하고 있으며 그 수는 11만이나 됩니다. 그밖에 루마니아에서도 10만 명 이상의 유태인이 귀환하고 있습니다.

이처럼 소련 붕괴는 다른 동유럽 제국을 비롯하여 발칸 제국인 그리스, 알바니아, 구 유고, 마케도니아, 루마니아 등에도 영향을 주었습니다. 이스라엘에 있어서는 이렇게 귀환하는 유태인의 세력이 이제는 무시할 수 없는 상태가 되었고, 이스라엘의 선거에도 커다란 영향을 줄 것으로 생각됩니다.

죽어서 뼈와 같은 존재였던 민족인 유태인들이 성서의 예언과 같이 이스라엘에 돌아와 조국을 부흥시키고 있습니다. 이는 하나님이 이룩하신 불가사의(不可思議)한 수수께끼입니다. 지난 10년 간의 유태민족의 대이동과 이스라엘의 변모는 실로 놀라움을 더할 뿐입니다. 이처럼 이스라엘 건국에 관한 예언은 이미 성취됐습니다. 다음은 로마제국의 부활 문제입니다.

부흥 로마제국

기원전 6세기경, 「구약성서」의 예언자 다니엘은 바빌로니아의 느부갓네살 왕이 괴롭게 꾼 꿈을 다음과 같이 풀었습니다.

왕이여 왕이 한 큰 신상(神像)을 보셨나이다. 그 신상이 왕의 앞에 섰는데 크고 광채가 특심(特甚)하며 그 모양이 심히 두려우니 그 우상의 머리는 정금(精金)이요 가슴과 팔들은 은이요 배와 넓적다리는 놋이요, 그 종아리는 철이요 그 발은 얼마는 철이요 얼마는 진흙이었나이다. 또 왕이 보신즉 사람의 손으로 하지 아니하고 뜨인 돌이 신상의 철과 진흙의 발을 쳐서 부숴뜨리매, 때에 철과 진흙과 놋과 은과 금이 다 부서져 여름 타작마당의 겨같이 되어 바람에 불려 간 곳이 없었고, 우상을 친 돌은 태산을 이루어 온 세계에 가득하였었나이다. 그 꿈이 이러한 즉 내가 이제 그 해석을 왕 앞에 진술하리이다. 왕이여 왕은 열왕의 왕이시라.
……왕은 곧 그 금머리니이다. 왕의 후에 왕만 못한 다른 나라가 일어날 것이요, 셋째로 또 놋 같은 나라가 일어나서 온 세계를 다스릴 것이며, 넷째 나라는 강하기가 철 같으리니 철은 모든 물건을 부서뜨리고 이기는 것이라 철이 모든 것을 부수는 것같이 그 나라가 뭇 나라를 부서뜨리고 빻을 것이며……. (다니엘서 2 : 31~40)

사람의 손에 의하지 않고 뜨인 돌이란 예수 그리스도의 것입니다. 제1의 국가는 바빌로니아를 의미하며, 제2의 국가는 메도 페르시아를, 제3의 국가는 그리스 그리고 제4의 국가는 로마제국을 의미하는 것으로 생각됩니다. 이스라엘은 이러한 나라들의 지배하에 놓인다는 꿈이었습니다. 확실히 예수 시대

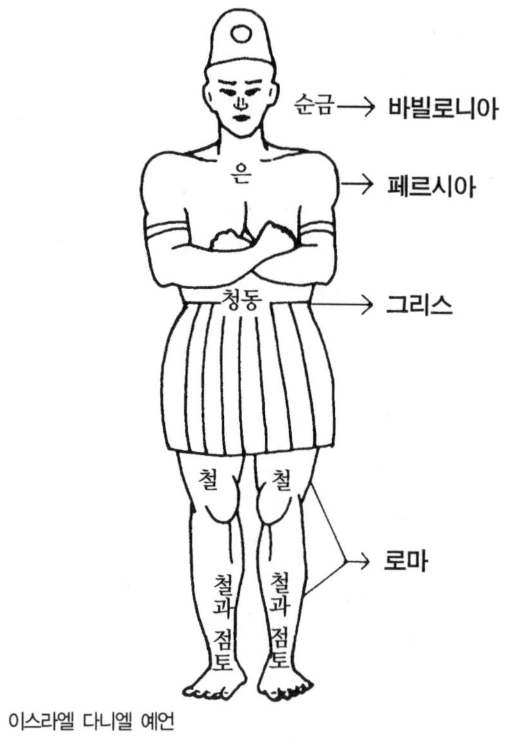

이스라엘 다니엘 예언

의 이스라엘은 로마제국의 지배 하에 있었습니다.

서기 70년 예루살렘의 도성(都城)은 로마군에 의해 붕괴되었습니다. 그때 이스라엘은 나라를 잃었습니다. 그러나 다니엘서나 요한 묵시록을 읽게 되면 이 거인의 다리 부분이 그 후에 성취되는 예언임을 알 수 있습니다. 발의 발가락이 10개인 것 같이 철과 점토의 나라가 10개로 구성됩니다. 이것이 다음에 일어날 예언 즉, 부흥 로마제국입니다.

로마제국은 당시 거대한 국가였습니다. "로마는 하루아침에 이루어지지 않았다"라는 격언이 시사하듯이 정치, 군사, 경제 면의 강한 힘을 지니고 있었습니다. 지리적으로 지중해를 둘러싸듯이 북쪽은 라인 강, 도나우 강, 서쪽은 현재의 영국에서 포르투갈, 동쪽은 흑해와 중앙아시아, 그리고 현재의 터키, 또한 남쪽은 아프리카 대륙의 상부인 이집트의 일부와 이스라엘, 시리아 등입니다.

그러한 로마제국이 가지고 있던 언어는 라틴어, 희랍어, 페르시아어, 알메니아어, 고프트어, 아랍어, 히브리어, 벨벨어, 게르트어 등의 다언어(多言語)였습니다. 로마제국은 현재도 그 유적이 제시하는 바와 같이 위대한 것이었으며, 그야말로 로마제국이 취한 정책은 '당근과 채찍'을 적절하게 사용한 교묘한 정책이었습니다.

확실히 철과 점토와 같았던 로마제국은 서기 395년에 서로마제국과 동로마제국으로 분열되어, 서기 476년에는 서로마제국이 멸망했습니다.

현재의 EU는 그대로의 부흥 로마제국은 아닐 것입니다. EU 에로의 가맹국은 이제부터 증대해 갈 것으로 예상되며 각국의 민족적, 정치적, 경제적, 군사적 고려가 복잡하게 얽혀 반드시 모자이크 모양으로 변해 갈 것입니다.

유럽은 다시금 흔들릴 것이라는 상상이 됩니다. 그리하여

게르마니아 해
엘베 강
베를
요크
브리타니아
런던
유트레히트
도버해협
랑스
파리
쾰른
게르마니아
마인츠
트리어
루아르 강
오를레앙
도나우 강
칸다브리아 해
갈리아
제네바
알프스 산맥
판노니아
가론 강
리옹
보르도
밀라노
론 강
포 강
에브로 강
피레네 산맥
달마
마르세이유
니스
이탈리아
리스본
마드리드
타라고나
코르시카
로마
에스파냐
코르도바
사르데냐
폼페이
카디스
카타르헤나
지브롤터 해협
마우리타이아
누미디아
시칠리아
시라
지 중
로마제국 최대판도
현대의 국경
도시
아프리카

❖ 5현제시대의
로마제국 최대판도
0   250   500km
모스크바
N
바르샤바
볼가 강
돈 강
사르마티아
카스피해
다키아
보스포루스
흑 해
도나우 강
모이시아
아르메니아
이스탄불
마케도니아
토라키아
카파토키아
테살로니키
페르가몬
티그리스 강
그리스
아테네
소아시아
안티오키아
유프라테스 강
스파르타
시리아
다마스쿠스
갈릴리
키레네
예루살렘
팔레스타인
알렉산드리아
키레네이카
아라비아
이집트

유럽지도와 지중해 연안의 지도의 색채가 변하여 최종적으로는 성서의 예언과 같이 10개국에 의한 부흥 로마제국으로 완성될 것입니다. 부흥 로마제국의 예언은 현재 진행형이며 이제부터 성취될 것입니다.

따라서 우리들은 이제부터의 유럽의 움직임에서 눈을 다른 곳으로 돌릴 수가 없습니다. 그리하여 제3의 예언은 바빌론이 부흥하리라는 것입니다.

바빌론의 부흥

성서의 예언에 의하면(요한 계시록 13~18장) 바빌론이 한 번 더 부흥합니다. 바빌론이라고 말하면 지리적으로는 현재의 이라크에 해당합니다. 걸프전쟁 때 그처럼 피해를 본 이라크가 부흥하는 것 등은 생각할 수 없을지 모르겠습니다.

그러나 성서의 예언에 의하면, 이 나라는 열쇠를 쥐고 있습니다. 역사적으로 보게 되면, 이라크 지역은 바빌론 문명의 발상지이기도 하고 관심이 깊은 곳이기도 합니다. 그러면 이 나라는 장차 어떻게 될 것입니까? 걸프전쟁 후의 상황부터 먼저 생각해 보기로 하겠습니다.

걸프전쟁은 1991년 1월 17일 이라크군의 쿠웨이트 침공에 의해 시작되어 미국 중심의 다국적군(多國籍軍)이 이라크를 공습하고, 다음달 24일에는 지상군을 투입하여 이라크군을 철저히 공격했습니다.

일본에서는 이 전쟁상황을 차를 마시며 텔레비전으로 볼 수 있었습니다. 그것은 다국적군의 비행기 머리에 카메라가 설치되어 있어 위성방송을 통하여 일본에 있으면서도 순식간에 그의 양상을 볼 수가 있었습니다.

그러나 그 카메라는 일본제였다는 이야기는 아직도 기억에 생생합니다.

전쟁은 43일 만에 종결되었습니다만, 다국적군 측의 사상자는 미군이 115명 영국군이 26명이었습니다. 이라크측의 전사자 수는 공표되지 않았습니다만 수만에서 수십만으로 추정됩니다. 이처럼 이라크는 걸프전에서 많은 희생자를 내어 국가로서 상당한 피해를 입었습니다. 게다가 10년 간 지속된 경제제재는 국가적으로 상당한 타격이 되었을 것입니다. 그럼에도 불구하고 작금의 바그다드는 놀라울 정도입니다. 바그다드 중심부에 독재자 사담 후세인 대통령은 자기의 동상을 세우고 자기 초상화를 화폐에 넣어 느부갓네살 왕이 재래(再來)했다고 호언했습니다.

그러면 걸프전이 있은 지 10년이 지난 현재는 이라크는 어떤 상태에 놓여 있는 것일까요? 철저하게 얻어맞아 파괴되어 유엔의 경제제재하에 놓였으나, 그 후 국제 사회가 손발이 맞지 않는 점도 있어 제재는 차츰 완화됐습니다.

현재 바그다드 중심부에 가까운 통칭 '공업거리'에는 컴퓨터 전문점이 처마를 나란히 하여 신상품을 전시하고 있습니다.

지난 1년 간 이 일대에 있는 전문상점은 2배로 늘어나 약 200
개 정도의 점포가 있습니다.

3개월 전에 상점을 낸 아하마드 유세후 씨는 바그다드 대학
에서 컴퓨터 프로그램을 함께 공부한 동급생과 둘이서 상점을
일으켜 세웠다고 말하며 "매출액이 월 1만 달러를 넘는 경우도
있으며, 처음 시작치고는 순조로운 편"이라고 말하고 있습니
다. 그는 "장래 소프트 웨어를 개발해 마이크로 소프트사(미국)
와 같은 기업으로 성장시키고 싶다"는 정도로 의욕적입니다.

걸프전 개시 당시 그는 고등학교 학생이었습니다. 바그다드
의 자택에서 "다국적군의 폭격 폭음 소리를 들었던 것은 절대
로 잊어 버릴 수 없는 사건이었다"고 회고하면서도 "그러나
이미 지나간 일, 지금은 해야 할 일 때문에 머리가 꽉 차 있다"
라고 말했습니다. 공업거리에서 팔리는 컴퓨터 본체의 가격은
500불에서 1,000불입니다. 이라크 공무원의 평균 월수입의 50
배에서 100배에 해당합니다. 그러함에도 수요가 생긴다고 합
니다.

92년부터 매매업을 하고 있는 이부라힘 사마라이 씨는 "하
루 평균 2~3대는 팔린다"고 말합니다. 가게에 진열된 상품의
대부분은 아랍 에미레이트 연방의 두바이 등을 경유하여 수입
되는 한국제 또는 대만제입니다. 유엔에 의한 대 이라크 경제
제재를 무시하고 밀수한 것들입니다.

현재 경제제재 하의 이라크에서는 '제재 덕분에 생긴 돈'이

라고 불리는 신흥 부유층이 출현하고 있습니다. 사마라이 씨
는 그 중의 한 사람입니다. 컴퓨터를 포함하여 금수(禁輸)대상
의 상품 밀수 판매라든가 95년에 도입된 유엔의 석유 식료 교
환 프로그램의 허용 범위 내에서 수입되는 식량 의약품의 취
급으로 큰돈을 번 사람입니다.

바그다드 중심부의 아라삿트 거리에 있는 부딕크나 고급 레
스토랑에서 독일제나 일본제의 고급 승용차를 타는 태반은
'제재 덕분에 생긴 돈'들입니다.

그러나 '제재의 이익'을 향유할 수 있는 것은 극히 일부의
기업가나 고급관료에 국한되어 있습니다. 공무원의 평균 월급
은 10달러 정도에 불과합니다. 도저히 생활할 수 없는 일반 시
민이 부업에 분주한 모습은 예나 지금이나 다름이 없습니다.
거리에는 손을 내미는 걸인도 많이 있습니다. 그래도 전반적
으로는 이라크 경제는 회복세를 타고 있습니다.

유엔 「안보리」가 99년 12월 이라크의 석유 수출량의 상한
철폐요구가 담긴 결의를 채택하는 등 대(對) 이라크 제재는 명
실공히 약화되고 있습니다. 오늘날 이라크 원유 수출량은 걸
프전쟁 전의 수준에 육박한 1일 230만 배럴에 달하고 있습니
다. 이 숫자는 사우디아라비아에 이어 세계 제2위의 원유 수출
국임을 나타내고 있습니다.

현재 주목하지 않으면 안 되는 것은 인접한 아랍 제국이 이
라크와의 관계를 급속히 회복시키려는 움직임입니다. 미국 주

도의 이라크 봉쇄정책이 흔들리고 있는 와중에 아랍 제국은 이라크의 국제사회 복귀는 시간 문제라고 보고 선수를 치려는 의도인 것입니다.

관계 복원의 움직임은 2000년 가을부터 요르단, 모로코, 알제리 등 대부분이 바그다드에 인도적 원조물자나 지원단체를 태운 차터기를 운행하여 대 이라크 유엔 제재의 조기 해제 지시를 호소하고 있습니다. 또한 레바논처럼 각료를 파견하여 경제협력을 합의하는 국가도 나타나고 있습니다.

이들 중 두드러진 국가는 이라크의 옛 적(敵)인 시리아입니다. 이란·이라크 전쟁(1980~88) 때, 시리아는 이란을 편들어 이라크와 단교했습니다. 그러나 2000년 11월에는 대사급 외교관계를 회복했습니다. 12월에는 유프라테스 강의 수자원 분할에 합의했을 뿐만 아니라, 시리아는 유엔의 허가를 얻지 않고 파이프라인을 통하여 1일 약 15만 배럴의 이라크 원유를 수입하고 있다고 합니다.

또한 사우디아라비아 등 페르시아만 연안의 아랍 6개국으로 구성된 GCC(만[灣] 연안 협력회의)도 2000년 12월 바레인에서 열린 수뇌회의의 공동성명을 통하여 걸프만 전쟁 이래 처음으로 후세인 이라크 정권에 대한 비난의 문구를 삭제하고 '제재 해제를 위하여 이라크와 유엔이 대화를 할 필요가 있다'고 말하고 있습니다.

이러한 움직임의 배경에는 10년 간에 걸친 유엔의 제재라든가 미국의 대 이라크 봉쇄정책에도 불구하고 후세인 정권의 기반 강화가 이루어지고 있다는 인식이 있기 때문입니다. 언제까지나 이런 식으로 관망만 하고 있다가는 이라크가 국제사회에 복귀했을 시 '어려울 때 우리를 도와 주지 않았다'라는 원망을 듣지 않으려고 한 점도 있는 것입니다.

이스라엘 치안부대와 팔레스타인 주민의 무력 충돌에 있어서 각 아랍 제국에서는 아랍 민족주의가 고양되고 있는 것도 사실입니다. 이 역시 이라크와의 화해 움직임을 가속화시키는 요인이 되고 있습니다.

이런 와중에 2001년 2월 미국 부시 정권이 최초로 대 이라크 공중 폭격을 감행하였으나, 사담 후세인 대통령의 이라크 지배 체제는 흔들림이 없는 실정이며, 오히려 '반미선전'을 부채질하고 있습니다. 후세인 대통령은 2000년 12월 31일에 걸프만 전쟁 이후 최대 규모의 군사 퍼레이드를 실시하여, 전쟁의 타격으로 괴멸 위기에 놓인 군사력의 '부활'을 호소하였습니다.

또한 2001년 1월 17일, 후세인 대통령은 국민을 향한 텔레비전 연설에서 "우리들은 지난 10년 간의 전쟁에서 살아남았다"라고 자랑 섞인 말을 했습니다. 어떤 평론가는 "후세인 정권에 '사각(死角) 지대'가 있다면 진상을 잘 알 수 없는 대통령의 건강문제 정도밖에는 없다"라고 이야기합니다.

성서의 예언에 의하면 바빌론은 지금부터 반드시 부흥하여 지금까지 적대 관계에 있었던 이스라엘과 손을 잡게 됩니다.

이것도 현재의 상황으로는 도저히 생각할 수 없는 일입니다. 그리하여 이미 완성 단계에 있는 부흥 로마제국과 함께 이스라엘에 지금까지 없었던 규모로 지원을 시작할 것입니다. 그때에 중동에는 진정한 평화가 실현되는 것입니다.

그러나 이는 성서가 말하는 환난 시대의 시작이 되어 세계는 종말 시대로 돌입하게 됩니다. 「요한 묵시록」 13장에서 18장은 이러한 바빌론에 대하여 예언하고 있습니다. 어떻든, 바빌론은 종말의 시대에 중요한 역할을 담당하게 될 것이며, 이 바빌론 부흥의 예언은 이제부터 시작입니다. 이처럼 성서는 이제부터 중동에서 일어나는 일에 대해 예언하고 있습니다.

성서를 이해하는 열쇠

이스라엘을 읽음

성서를 이해하는 첫째 관건은 유태인과 이스라엘의 움직임을 아는 데 있습니다. 따라서 이스라엘을 읽는 일이야말로 세계를 푸는 열쇠가 되는 것이며, 우리들의 시대를 번창하게 하는 충격적인 예언 해석에 귀를 기울일 필요가 있습니다. 미래에 관해서는 여러 가지 가정(假定)이 있습니다만, 미래에 일어날 일체의 사건의 시간이나 장소의 설정은 성서가 금지하고 있습니다. 성서는 이렇게 말합니다.

그러나 그날과 그때는 아무도 모르나니 하늘의 천사들도, 아들도 모르고 오직 아버지만 아시느니라.(마태복음 24 : 36)

일본 사회에는 여러 가지 이스라엘에 관한 정보가 날아 들어오고 있습니다. 어떤 면에서는 센세이션을 일으킬 뉴스도 적지 않습니다. 여기서 우리들은 정보를 액면 그대로 받아들일 것이 아니라 필터에 걸러 들을 지혜가 필요합니다.

유태인의 거주가 적은 일본에서 우리는 이스라엘 정보의 분석에 어려움이 있습니다. 구미 사회에서 반유태주의적인 내용의 서적이 서점에서 베스트셀러가 되어 많은 사람에게 읽혀지는 것도 사실입니다. 이스라엘과 성서와의 관계는 끊으려야 끊을 수 없는 것이기 때문에 성서라는 필터를 통하여 보는 것은 매우 중요합니다. 성서를 통하여 이스라엘을 정확히 읽는 일이야말로 무엇보다도 우선할 필요가 있습니다.

신 뢰

둘째로 중요한 것은 성서에 대한 신뢰입니다. '신앙한다'는 것은 원래 히랍어로 '피스토이오'라고 말하며, 이는 '신뢰한다'라는 말로서 '신앙한다'와 같은 어원입니다. 신뢰는 모든 것에 우선하는 것입니다. 신뢰심을 갖고 성서를 열고 읽게 되면 거기에 기막히게 아름다운 빛을 발견할 수가 있습니다.

예언은 신의 권위의 수중에 있습니다. 그리하여 성서의 예언은 반드시 성취됩니다. 그렇지 않으면 더 이상 성서는 성서가 아니기 때문입니다. 「구약성서」에는 메시아 강림의 예언이 기록되어 있고, 「신약성서」에는 예수 그리스도의 강림과 그의 생애, 그리고 올리브 동산에 세워질 재림의 희망에 대해 쓰여 있습니다.

거기에는 신의 마스터플랜에 대한 장대함이 쓰여 있습니다. 성서는 읽으면 읽을수록 참으로 신비를 더합니다. 이는 단순한 종교 서적이 아니라 신으로부터 내린 기막히는 메시지의 글입니다. 그렇다면 성서는 어떤 책입니까?

첫째, 역사 속에서 살아 계시는 창조신이 인류에게 축복의 메시지를 보내오신 책입니다. 신이 거기에 계시기 때문입니다. 세계 역사를 지배하시는 분이야말로 진실한 신인 것입니다.

둘째, 성서 속에는 '생명'이 숨어 있습니다. 이 '생명'이 맡겨진 사람은 영혼의 평안과 함께 살아가는 힘을 얻을 수 있습니다.

셋째, 성서는 인류멸망설을 외치고 있는 것이 아니라 인류의 행복을 약속하고 있는 책입니다.

역사를 붙잡는다

우리는 "역사는 어디로 향하고 있는가?"라는 큰 테마로서 20세기의 역사를 생각해 왔습니다. 여기에 기재할 수 없는 사실은 아직도 많이 있습니다만 우리들이 알고 있는 범위 안에서도 명확한 사실은 '역사에는 출발점이 있고 목표지점이 있다'는 것입니다.

지금 우리는 시간이 꽤나 많이 지난 시점에 와 있다고 하겠습니다. 20세기에는 이데올로기를 내세운 혁명, 국가와 국가 간의 전쟁, 홀로코스트까지 일어난 시대였습니다. 그리하여 그 흐름 속에 시대는 확실히 달라졌습니다. 그것은 신의 마스터 플랜에 따라 시간은 흘러가기 때문입니다.

21세기도 시간을 멈추게 할 수는 없었습니다. 아니 IT 시대에 들어와 시간은 더욱 가속이 붙을 것입니다. 현재는 시대의 가치관이 크게 바뀌어 어디에 관점을 두는 것이 좋을까 알 수 없는 시대가 됐습니다. 여기에 필요한 것은 큰 흐름을 확실히 붙잡는 일입니다.

지금 이 시대에 가장 중요하게 구해야 되는 것은 자기의 주의주장이나 개개인의 의견이나 사상을 고집하는 사람이 아니라, 시간의 전체적인 흐름을 확실히 파악하는 사람입니다. 역사를 지배하는 신은 반드시 존재합니다. 당신은 한 번밖에 없는 되돌릴 수 없는 귀중한 인생을 유익하게 보내야 된다고 생각하지 않습니까? 그러기 위해서는 성서의 메시지에 귀를 기울일 필요가 있습니다.

성서의 메시지의 중심은 저 아브라함의 계약에 있는 대로 바로 축복에 있습니다. 신이 당신에게 바라는 것은 당신이 역사 속에서 살아 움직이는 신을 아는 데 있습니다. 역사를 지배

하고 있는 신은 사실상 지금 당신의 인생을 눈여겨 응시하고
계십니다. 당신 역시 역사의 지배자에게 명확히 인생의 관점
을 정하지 않겠습니까? 그렇게 되면, 당신은 반드시 인생 최대
의 발견을 이룩하게 되리라 확신합니다. 들녘

사랑하는 자여 네 영혼이 잘 됨같이 네가 범사에 잘 되고 강
건하기를 내가 간구하노라. (요한 3서 2절)

　저는 20세기의 역사를 되돌아보고 신이 그 역사 가운데 자신의 마스터플랜에 따라 움직이고 있다고 생각해 왔습니다.

　여기서 저 자신의 인생을 되돌아보고 생각하고 싶습니다. 1970년에 저는 22세의 나이에 독일에 건너가 신의 불가사의(不可思議)한 인도 가운데 12년 간 생활하였습니다. 그것은 신의 축복의 시간이었습니다. 그 가운데 저는 독일의 대학에서 즐거운 추억도 있었습니다. 특기할 사항이 몇 가지 있습니다.

　첫째로, 무엇보다 먼저 제가 소련 동유럽권의 무신론 제국에서 귀환한 독일계 크리스천과 만난 일입니다. 그때는 아직 '철의 장막'의 시대였습니다. 저와 그 사람과의 만남은 나중에 저의 인생을 크게 변화시키게 했습니다. 그 이후 저는 약 27년

간 소련·동유럽 선교를 계속했습니다.

그리하여 베를린 장벽의 붕괴, 동유럽 제국의 혁명, 모스크바 혁명 등에 의해 무엇이 일어나게 됐느냐 하면, 그것은 다름 아니라 이들 국가들에 살던 백 수십만의 유태인이 이스라엘에 귀환하게 됐다는 사실입니다.

현재 저는 JCJE(로잔느 유태인 전도협력회) 일본지부의 협조자가 되어 세계적인 조직체인 유태인에의 복음선교와 여러 가지 지원활동을 하고 있습니다. 따라서 이는 저의 공산권 전도의 연장선상에서 하는 사역으로 생각하며 예전에는 미처 예상하지도 못했던 거룩한 봉사라고 생각합니다.

둘째로, 저는 독일 체제 중, 특히 뒤셀도르프에서 많은 일본인 실업인들과 만난 일입니다. 뒤셀도르프 일본어 그리스도 교회를 통하여 만난 실업인으로부터 미숙한 나는 얼마나 많은 것을 배웠는지 모릅니다.

당시 저의 선교활동의 경험은 현재 활동의 하나인 오사카(大阪) 기다하마(北浜)에서의 실업인 전도 및 교회건설과 연결되어 있습니다. 만약 제가 그때 그 사람과의 만남이 없었더라면 무엇 하나 오늘날의 저의 활동은 없었을 것입니다. 하나님의 불가사의한 이끄심을 깊이 느끼고 있습니다.

셋째로, 냉전 시대의 유럽경제와 일본과의 관계를 보아 온 것입니다. 저는 유럽에서 공부하고 거주하여 귀국한 후에도 유럽을 가끔 방문하고 있습니다. 베를린의 장벽이 붕괴될 즈음, 저는 유럽문제로 기업이나 여러 단체에서 강연 초청을 받게 됐습니다. 이로 인해 유럽과 일본과의 관계를 히브리적인 관점에서 연구하게 되어 1990년 통칭 JEEQ, 즉 「日歐교류연구소」를 개설하도록 인도됐습니다.

그리하여 일반 실업인 대상의 비즈니스 세미나를 정기적으로 개최하여 강연하여 왔습니다. 이 활동도 나의 유럽에서의 생활과 깊은 관계가 있으며 지금에 이어져 있습니다. 이것 역시 하나님의 불가사의한 이끄심이라고 생각합니다.

이처럼 저의 인생을 되돌아보면, 하나님이 저의 인생을 간섭해 주신 것은 부정할 수 없습니다. 왜냐하면 제가 계획한 인생이 아니기 때문입니다. 마찬가지로 하나님은 여러분의 인생에도 간섭을 하실 분이십니다. 아니 이미 하나님의 계획이 준비되어 있는 것이 틀림없을 것입니다.

이 작은 책자는 여러분의 인생을 간섭하실 하나님을 소개하는 데 뜻이 있습니다. 나의 바람은 여러분도 이 하나님과 만나 인생 최고의 보물을 얻게 되시는 것입니다.

성서의 하나님은 세계 역사를 간섭하시고 저의 인생을 개입하신 것처럼, 여러분의 인생을 간섭하실 귀하신 분입니다. 하나님이 여러분에게 바라시는 최대의 바람은 여러분의 인생을 축복하는데 있음을 확신하시기 바랍니다. 여러분 위에 하나님의 축복이 임하시기를 기원합니다.

■구로다 데이이찌로(黑田禎一郎) 목사의 약력

1946년　臺灣・臺北市에서 출생

1970년　독일 뒤셀도르프 의과대학병원 유학, 그 후 트리아대학
　　　　정신위생학부에서 수학, 뷰다네스트 성서학교 졸업

1975년　구소련・동유럽에서 선교 시작

1976년　독일 뒤셀도르프를 중심으로 재유럽 그리스도교 이방인
　　　　(異邦人)선교에 종사, 뒤셀도르프 일본어 그리스도 교회
　　　　개척 선교사

1981년　귀국.「밋션・ 선교의 소리」설립, 주간(主幹)

1984년　그레이스 외국어학원 원장

1987년　堺인터내셔날・바이블・체플・미니스터

1990년　JEEQ(日歐교류연구소) 소장, 재독생활 12년, 동서유럽에
　　　　많은 지인(知人)을 갖고 미국, 오세아니아, 동남아시아,
　　　　아프리카 등의 세계에서 日・英・獨語로 강연하는 독특
　　　　한 인물

1996년　大阪・ 北浜 월요예배 목사

1998년　인터내셔날・바이블・처치 목사

저서 : 『무에서 유를 낳은 신』『새로운 인생』
　　　　『세계의 해시계 I.II.III』『격동하는 구주와 성서예언』
　　　　『독일의 양심』『사랑 받는 제자』기타

역서 : 『스바 스바』등 다수

　이미 설명된 대로『21世紀와 聖書의 비밀』은 일본의 구로다 목사님의『神의 마스터플랜의 向方』이라는 책을 우리말로 옮긴 것인데, 그 내용은 대략 다음과 같은 주요 요지를 담고 있습니다.

　첫째, 신을 부정한 인간 위주의 이데올로기의 종말은 무서운 인류의 재앙을 가져오며 멸망할 수밖에 없다는 성서적 진리,

　둘째, 오직 하나님께 매달려 갖은 학대와 고난을 이겨낸 성도들의 신앙심의 위대함과 신비함,

　셋째, 유태인의 박해와 이스라엘의 건국, EU의 탄생, 부흥 로마제국, 바빌론의 부흥 등에 관한 성서상의 예언,

　넷째, 유럽에 있어서 그리스도교의 퇴조(退潮)와 공동화(空洞化) 현상을 파고드는 이슬람교의 교리와 원리주의자와 세계제패의 신앙,

다섯째, 과거가 그러하였듯이 미래는 유일신이신 하나님의 뜻과 계획(특히 이스라엘 민족에게 행하신 약속과 마스터플랜) 대로 움직여 간다는 사실,

여섯째, 성서는 하나님이 '인류를 멸망'케 하기 위함이 아니라, 인류의 축복과 번영을 전제로 한 생명의 메시지이므로 하나님을 신뢰하는 마음의 자세가 중요하다는 것입니다.

끝으로, 저자는 다른 많은 간증자의 경우와 같이 하나님이 자신의 인생을 간섭하셔서 지금까지 하나님 사업에 쓰임을 받고 헌신하는 기쁨과 보람을 느끼고 있으므로, 이와 같은 축복과 기쁨을 다른 사람도 체험하기를 바라고 있습니다. 그러기 위해서는 자기의 주의 주장이나 개개인의 생각에 지나치게 얽매임이 없이 하나님의 '마스터플랜'을 파악하고 이해하려는 노력을 권면하고 있습니다.

저자와 역자가 상호 의견을 교환하며 번역을 완성해 가는 도중 지난 9월 11일 미국의 심장부에서 사상 미증유의 비행기 납치 자살 테러 사건이 발생했습니다. 너무나 충격적이었고 모두가 격앙했습니다. 이것이 혹자가 말하는 "기독교와 이슬람 문명의 충돌"로 이어지는 것이 아닌가? 또는 화생방전을 수반하는 제3차 세계대전으로 이어져 지구 종말을 가져오는 것이 아닌가 하는 우려의 소리가 높습니다.

이와 같은 미래에 대한 성서적인 해석은 여러 가지로 엇갈

리고 있습니다. 그러나 날이 갈수록 분명해지고 있는 것은 이 지구상에 폭력이 끊이질 않고 오히려 대형화되고 대담해지고 있다는 사실입니다. 문제는 이 지구상에 존재하는 많은 사람들이 근본적으로 인류의 평화와 행복을 추구하는 신앙을 갖고 있으면서도, 오늘날까지 평화를 제대로 이룩하지 못하고 있는 데 있습니다. 그 이유가 도대체 어디에 있느냐 하는 것입니다.

구로다 목사께서는 본 책의 말미에 「요한 3서」 2절에 적힌 대로 "사랑하는 자여 네 영혼이 잘됨같이 네가 범사에 잘되고 강건하기를 내가 간구하노라"는 말씀을 남기셨습니다. 이는 사람이 이 세상 이후의 영적인 '하늘 나라의 축복'을 받음과 동시에 이 세상에 사는 동안 '육의 축복'도 함께 받기를 바란다는 뜻입니다. 동시에 이 말은 하나님의 축복이 거저 주어지는 것이 아니며, 어디까지나 인간 자신들의 영육(靈肉) 간의 노력이 뒤따라야 된다는 것을 암시하고 있습니다.

그렇다면 이 땅에 사는 우리들은 어떤 노력을 해야만 되겠습니까?

인간 삶의 행복은 영적인 면과 육적인 양면이 있으나 각 종교는 서로 상이한 종교상의 교리 때문에 영적인 행복을 추구하는 방법론에 있어 의견의 차이가 있습니다. 다시 말하면 기독교, 불교, 유교, 이슬람교 등 각 종교가 갖는 영적인 면의 교리상의 견해 차이 때문에 종교간에는 갈등이 끊이질 않습니다.

그러나 이 세상을 사는 사람의 육적인 생활의 규범이 되는 윤리와 도덕적인 면에 있어서는 각 종교가 많은 부분에서 공통점을 갖고 있습니다. 각 종교마다 그 내용들이 같거나 대동소이합니다. 기독교의 십계명(十誡命) 중 살인, 도적질, 간음, 거짓증거, 탐욕을 금하는 계명은 불교의 오금계(五禁戒)가 말하는 살인, 투도(偸盜), 사음(邪淫), 망언, 음주를 금기하는 것이나 이슬람교의 「샤리아」 법전에서 살인, 강간, 절도, 강도, 중상모략, 음주, 배교 등 일곱 가지 죄악을 금하고 있는 것이나 같은 이치입니다.

또한 기독교의 십계명(十誡命) 중 '네 부모를 공경하라'는 계명은 유교의 삼강오륜(三綱五倫)에서 말하는 부자유친(父子有親)의 효의 정신과 같습니다. 기독교의 황금률은 불교의 팔정도(八正道)나 유교의 삼강오륜, 이슬람교의 도덕률과도 상통하며, 인간 공동체에 필요한 도덕적인 맥을 같이하고 있습니다.

바꾸어 말씀드리면, 이 지구상에 평화가 있기를 바라고 '범사에 잘되고 강건하기 위해서는' 각자의 종교가 강조하는 도덕과 윤리적인 계율을 공통분모로 하는 「윤리도덕적 연합실천운동(에큐메니칼 운동)」이 전개되어야 한다는 것입니다.

그 이유는 매우 간단합니다. 불교가 말하는 자비(慈悲)나 유교가 강조하는 인(仁) 등은 근본적으로 기독교에서 말하는 사랑(愛)과 상통하며 동일합니다. 그러나 기독교에서 말하는 사랑은 사람의 생각과 행동의 기준으로 삼기에는 그 개념이 너무나 포괄적이고 범위가 넓습니다. 「고린도 전서」 13장에 나오는 사랑의 개념이 이 같은 내용을 잘 말해 주고 있습니다.

사랑은 온유하며, 투기하는 자가 되지 아니하며, 사랑은 자랑
하지 아니하며, 교만하지 아니하며, 무례히 행치 아니하며, 자
기의 유익을 구치 아니하며, 성내지 아니하며, 악한 것을 생각
지 아니하며, 불의를 기뻐하지 아니하며, 진리와 함께 기뻐하
고, 모든 것을 참으며, 모든 것을 믿으며, 모든 것을 바라며, 모
든 것을 견디느니라.

이와 같은 견지에서 포괄적인 사랑의 개념은 보다 단계적이
고 실천적인 개념으로 세분화할 필요가 있습니다. 저는 '信·
敬·愛'라는 세 글자가 그 대안의 인간 공동체의 덕목이라고
생각합니다. 기독교에서 말하는 信(믿음)·望(소망)·愛(사랑)는
영적 생활을 강조하는 캐치프레이즈인 데 비해 信(믿음)·敬(공
경)·愛(사랑)는 이 세상에서 사는 인간의 '육적인 지표'가 될
수 있습니다. 信·敬·愛의 덕목은 인간의 가장 기본적인 도
덕성의 원칙이며, 그 스스로가 구체적이고 단계적인 상관관계
를 나타냅니다.

사람과 사람 사이의 관계가 돈독하게 되는 단계는 대체로
신뢰와 공경(존중·존경)과 사랑이라는 3단계를 거치게 됩니다.
첫 단계는 서로 믿고 신뢰하는 단계이며, 다음으로 서로 존
중·존경의 관계가 형성되고 나아가 서로 아끼고 좋아하고 사

랑하는 관계로 발전하는 것이 가장 자연스럽고 필수적인 인간 관계의 형성 과정입니다. 이는 마치 인간성 존중의 심리학 이론(Humanistic Psychology)을 전개한 아브라함 메스로우(Abraham H. Maslow)가 인간의 욕구를 생리적이고 본능적인 욕구를 제1단계로, 안전과 사랑을 제2단계로, 자기 성취 욕구를 제3단계로 구분한 것과 비슷한 이치입니다.

이를 좀더 부연 설명하며, 인간 공동체의 최소단위인 가정과 가족은 결혼하는 부부에서부터 시작되며 결혼하는 부부의 서약은 이 세상에서 인간이 가져야 할 가장 중요한 덕목으로 결혼을 맹세합니다. 결혼식장에서 신랑 신부는 한결같이 '어떠한 경우라도 서고 믿고(信) 존중(敬, 공경, 존경)하며 사랑(愛)한다'고 서약합니다. 어린 시절의 친구가 나이가 들어도 오래도록 다정한 친구의 관계가 유지될 수 있는 것은 서로 믿고 신뢰하고 서로 존중(존경 · 공경)하며 서로 아끼고 사랑할 수 있기 때문입니다.

오늘날의 모든 인간적인 타락과 범죄와 분쟁은 信 · 敬 · 愛의 결핍에서 비롯됩니다. 이미 말씀드린 미국의 대형 테러 참사사건도 근본 원인을 따져 보면 미국과 테러 집단과의 信 · 敬 · 愛의 관계가 원만하지 못한 데서 비롯된 것입니다. 만약 이들 두 국가와 단체간에 서로가 신뢰하고 서로가 서로를 존중하며 애호하는 관계가 되어 있었더라면 이러한 참사는 일어날 수 없었을 것입니다. 사람과 사람 사이, 국가와 국가 사이,

종교와 종교 사이에 信·敬·愛의 관계를 유지할 수만 있다면 이 세상에 미움이나 시기 질투도, 폭력이나 사회악도 사라지고 말 것이며, 따라서 성서의 말씀대로 "범사에 잘되고 강건해질 수 있을 것입니다."

「구약성서」에 의하면 이슬람교와 기독교와의 사이에 갈등과 반목이 있게 된 오랜 원인은 4,000년 전 아브라함 시대까지 거슬러 올라간다고 했습니다. 만약 아브라함의 하녀이며 이슬람교의 조상이 된 이스마엘을 낳은 하갈과, 본처이며 이삭을 낳았던 사라와의 관계가 信·敬·愛의 관계 위에 있었더라면 역사는 달라졌을 것입니다. 또한 1947년 11월 UN이 팔레스타인을 분할할 당시 팔레스타인에서 거의 2,000년이나 거주했던 아랍인들에게만 일방적으로 불이익을 주지 않고 상호 존중과 합의하에 원만히 영토를 분할했거나 강대국이 이스라엘과 아랍을 信·敬·愛의 원칙 위에 모든 결정을 내렸던들 오늘날의 이스라엘과 아랍과의 분쟁의 불씨는 없었을 것입니다. 이 역시 쌍방 간에 信·敬·愛 의 관계가 성립되지 않았기 때문입니다.

하나님의 계명이신 "내 몸을 사랑하듯 남을 사랑하라"고 하신 말씀은 곧 이 땅에 사는 사람과 사람의 신뢰와 공경과 사랑 즉, 信·敬·愛의 인간관계를 말씀한 것입니다. 따라서 영적인 문제의 교리상의 차이로 서로 반목하고 적대시할 것이 아니라, 이는 각자의 선택인 '시장 원리'에 맡기고, 각 종교간의 공통분모가 되는 信·敬·愛의 도적적 인간관계를 실천하는 「윤리도덕적 연합운동(윤리도덕적 에큐메니칼 운동)」을 전개함으로써 각 종교간의 화해를 이룩하고 이 지구상의 평화를 실현해야 될 것입니다.

구로다 목사님의 글을 통해서 하나님의 뜻을 헤아려 인류가 영적으로도, 육적으로도 축복받아 이 세상에 진정한 평화가 실현됨으로써 '성서는 인류 멸망설을 외치고 있는 것이 아니라, 인류의 행복을 약속하고 있음'을 입증하는 계기가 되기를 간절히 바랍니다.

■ 朴世直 博士 주요 약력

• 1933년 9월 18일 경북 구미 태생
• 雅號 : 仁東   • 자녀 : 2남 1녀

학력

• 경북 구미 인동초등학교
• 부산사범학교
• 육군사관학교 제12기(이학사)
• 서울대학교 문리과대학 영문학과(문학사)
• 미 남가주대학교 대학원(석사 / 교육학박사)
• 미 콜럼비아대학교 등 5개 대학 명예박사

군 경력

• 6·25 당시 학도병으로 입대
• 육군사관학교 교수
• 보병 제3 사단장
• 수도경비사령관(육군소장 예편)

공직 경력

• 총무처장관
• 체육부장관
• 제10회 아시아경기대회 조직위원장

- 제24회 서울올림픽 조직위원장
- 서울특별시장 / 국가안전기획부장
- 2002년 월드컵 축구대회 조직위원장

사회 경력

- 서울대학교 행정대학원(ACAD) 총동창회장
- 서울평화상위원회 위원
- 사랑의 쌀나누기 운동본부 초대본부장
- 대한 해외참전 전우회 회장
- 고엽제 피해대책본부 고문
- (사)국제환경노동문화원(ILE) 이사장
- (사)한국청소년마을 총재
- 부산대, 중앙대, 국민대 등 초빙교수
- 도산 안창호 선생 기념사업회 이사
- 일가상 재단 이사
- 육군사관학교 총동창회장

국회 및 정당분야

- 제 14, 15대 국회의원
- APPU(아시아태평양의원연맹) 한국대표
- 국회 조찬기도회 회장
- 국가 조찬기도회 준비위원장
- 국회 환경노동상임위원회 위원
- 자유민주연합 부총재 / 당무위원
- 국회 세계화 포럼 회장

수상

- 화랑무공훈장 / 보국훈장 천수장
- 청조근정훈장 / 체육훈장 청룡장
- 자유중국 운휘장 / 파라과이 대훈장
- 프랑스 최고훈장 / 벨기에 최고훈장
- IOC 금장 / 국제장애자올림픽위원회 금장
- UNESCO '90년 올해의 인물상
- 한국 기독교 선교대상(평신도부문 제1회)
- 미 남가주대학교 자랑스런 동창상

저서 및 논문

- 「부국강병론」 / 「지휘의 이론과 실제」
- 『미소짓는 아내』 / 『하늘과 땅, 동서가 하나로』
- 『서울올림픽 우리들의 이야기』
- 『The Seoul Olympics』(영문)
- 『ソウル五輪』(일문) · 『奧運精神』(중문)
- 「人類幸福을 위한 자 · 즐 · 보 運動」
- 「2002 월드컵과 한 · 일 양국(지구촌)의 미래」
- 「새 천년의 가치관」

생활신조

- 경천애인(敬天愛人) · 신(信) · 경(敬) · 애(愛)
- 3/3의 인생론 · 자랑, 즐거움, 보람(자 · 즐 · 보)
- 필사즉생(必死卽生), 골육지정(骨肉之情)

교계 지도자의 메시지

姜元龍 박사(크리스천 아카데미 명예 이사장)

金俊坤 원로목사 (C.C.C. 총재)

李榮德(전 국무총리,
　　　 2002 월드컵 축구대회문화시민운동추진협의회 회장)

趙香祿 원로목사(一家記念事業財團 名譽理事長)

鄭晉慶 원로목사(호서대학교 이사장)

申賢均 원로목사(민족복음화 운동본부 총재)

李御寧(초대 문화부장관/ 중앙일보사 상임고문)

崔海一 원로목사(한국기독교지도자협의회 대표회장)

金善道 감독(기독교 대한감리회 광림교회)

趙鏞基 목사(여의도순복음교회 당회장)

池 德 목사(한국기독교총연합회 직전대표회장)

郭善喜 목사(소망교회 당회장)

金森煥 목사(명성교회 당회장)

金裕赫(단국대학교 명예교수, 전 새마을운동 중앙회장,
　　　 牛眠山下人 恒山)

金章煥(극동방송 사장, 세계 침례교 총회장)

朴鐘淳(세계선교협의회 대표회장, 총신교회 담임목사)

辛信默(2002월드컵 기독시민운동협의회 상임회장)

李慶淑(숙명여자대학교 총장)

鄭根模(호서대학교 총장)

崔聖奎 목사(순복음인천교회 당회장)

韓基萬(여의도침례교회 담임목사)

성서와 코란이 공유하는
도덕적 에큐메니칼 운동이 있어야 할 때

이 지구상에 있는 많은 종교들이 거의 다 그 종교의 교리나 의식은 서로 매우 다른 것이 사실이지만, 도덕과 윤리 특히 대결과 전쟁을 반대하고 평화를 강조하는 점은 비슷하거나 같습니다. 특히 유대, 기독교의 경전인 「신·구약성서」는 평화(Shalam)란 말이 259번 나오는 성서윤리의 핵심입니다. 이슬람교의 「코란」 역시 평화를 매우 강조하고 있습니다. 이 두 종교는 이런 경전과 도덕을 가지면서 1,400년 간 계속 종교전쟁을 해왔습니다.

우리가 맞는 21세기는 모든 종교, 특히 위의 두 종교가 저질러 온 범죄행위를 회개하고 평화를 실현해야 함은 너무나도 명백한 사실입니다.

지금 부시 대통령이 선포한 21세기의 전쟁이 헌팅턴

(Huntington) 교수가 말한 문명의 충돌(The Clash of Civilization)로 이어진다면 인류는 같은 아브라함 후손이고 평화를 강조하면서, 그와는 정반대의 행위를 실천해 온 두 종교에 의해 멸망하고 말 것입니다.

이런 의미에서 이번 박세직 박사가 번역한 구로다(黑田) 목사의 저서 『21世紀와 聖書의 비밀』 속에 담긴 내용이 독자들에게 깊은 감동을 주기 바라고, 특히 박세직 박사가 「역자 후기」에서 밝힌 바 있는 도덕적 에큐메니칼 운동(연합운동)이 두 종교간의 도덕적 실천에 의해 평화를 만들어 가는 데 도움이 되기를 바랍니다.

2001년 10월

크리스천 아카데미 명예 이사장 姜　元　龍 박사

역사는 성서적 파노라마

저자인 黑田(구로다) 목사는 유대인 선교협의회의 일본 책임자이며 독일에 유학하면서 27년간 동구권 선교를 하는 동안 공산권 붕괴, 히틀러의 홀로코스트(600만 유대인 학살)와 베를린 장벽 붕괴, 구라파 연합공동체 EU와 단일화폐 유로의 등장 등을 몸으로 체험하면서 성서의 예언들을 해독하는 데 관심을 쏟았다.

지구촌의 화약고라는 중동사태를 「묵시록」(묵 13장~18장)적으로 해독하며 「다니엘서」(다 2 : 34~40)의 느부갓네살 왕이 보고 예언자 다니엘이 해석한 느부갓네살 왕의 꿈의 신상과 연결해서 이른바 역사의 축도라는 이스라엘의 운명을 생각했다. 그 꿈의 신상은 바빌론(금), 메도 페르시아(은), 그리스(동), 로마(철) 등 파노라마처럼 네 제국의 출현을 예언했고, 현재의 EU

연합체는 구 로마제국의 후신이며 재현이라는 사실과 옛 바빌론의 구현이라는 사실도 읽어냈다.

또 하나의 역사해독의 코드는 아랍연합과 이스라엘의 갈등이다. 이스라엘과 아랍인들의 팔레스타인과 예루살렘과 성전(지금의 황금의 돔)을 둘러싼 갈등은 4,000년 전 아브라함으로 거슬러 올라간다. 아브라함은 메시아 구원의 약속의 원천이다(창 12 : 1~2). 네 번에 걸친 중동전은 인류사의 화약고라고 알려진 이스라엘과 아랍연합국들 간의 갈등이다.

아랍국들은 아브라함의 첩의 아들인 이스마엘 자손들이며, 이들은 이슬람 신도들로서 14억 6천만 명이나 된다. 자살폭탄 테러로 이스라엘이나 기독교도를 죽이는 일은 소위 회교 원리주의자들이 순교라고 광신하는 '지하드' 행위이며, 이들은 전 이슬람교도의 10퍼센트 미만이다. 그들은 영토가 이스라엘보다 672배나 넓고 인구는 60배가 많은데 이스라엘 말살을 도모했다. 그러나 이스라엘은 출애굽 같은 기적으로 오히려 네 번 승리했다. 하나님의 약속과 섭리와 계획이 개입한 것이다.

성서의 징조를 보면 역사는 바야흐로 묵시록적인 시대로 접어든 것 같다. 성도들은 더욱 깨어서 경건하게 살고, 더욱 전도에 힘써야겠다는 생각이 든다.

저자 구로다 목사는 역사는 하나님의 계획과 섭리와 개입의 파노라마라고 말하고 있다. 그 궁극적 목적은 하나님의 구원과 축복이라고 결론지으면서 이 책의 목적도 "하나님은 역사를 섭리하시고 개입하실 뿐 아니라 한 사람 한 사람의 인생과 생애에 개입하고 축복하고 싶어하신다"라고 결론을 내리고 있다.

박세직 위원장은 그 경력이 수도경비사령관, 장관, 서울시장, 안기부장, 국회의원 등 화려한 정상을 두루 거쳤다. 그 중에서도 가장 빛나는 업적은 「'88서울올림픽」 조직위원장직일 것이다. 열악한 조건과 상황 속에서 그는 철야하고 금식하며 믿음과 기도로 장벽을 뚫고 강을 건넜다. 그런 신앙의 지도자를 우리 민족 과거사에 찾아보기 힘들다. 결과는 흑자 올림픽, 신앙 올림픽 기록을 포함해서 올림픽 사상 BEST라는 기록을 남겼다.

그의 영어 실력과 일본어 실력 또한 21세기 지도자로서 특기할 만하다. 그래서인지 일본과 미국에 크리스천 친구가 많다. 그의 외모와 매너와 교양이 영국 신사로 알려져 있는데 드물게 보는 한국 신사이기도 하다. 겸손하고 온유한 점도 신앙 인품의 향기이다.

나 개인적으론 고맙고 감사한 일이 있다. C.C.C. 부암동 연수원 자리는 수도경비사령관이 아니면 허가 나기가 힘든 곳이다. 그는 믿음으로 대학생 선교를 후원하고자 하는 성령의 감동으로 건축허가를 해 주었다.

그는 큰 시련에 빠졌을 때 자주 내외분이 철야하며 금식기도하는 것을 보았다. 다니엘 같은 분이다. 이번 책의 번역은 그의 성서적이고 종말론적 재림 신앙의 산물이라 할 수 있다. 그는 한·일간의 민족화해와 친선에 신앙인으로서, 정치인으로서 관심과 열의가 크다. 이 책의 번역이 두 나라 신앙인과 양심적인 국민 특히 스포츠와 정치 지도자들 사이에 화해와 친선의 가교가 되기를 빈다.

2001년 10월

C.C.C. 총재 金 俊 坤 원로목사

韓·日 월드컵의 가교

공산권에서의 전도자, 유태인을 위한 전도자, 실업인(實業人)을 위한 전도자로 잘 알려진 구로다(黑田禎一郎) 목사가 『21世紀와 聖書의 비밀(원제 : 神의 마스터플랜의 向方)』이란 책을 금년 5월에 내놓았다. 그는 선교사로 20여 년 간 일해 온 구 소련과 동구에서의 공산주의체제의 붕괴, 거대한 EU의 형성, 확장되어 가는 이슬람 교세(敎勢), 세계에 흩어져 살던 유태인들의 가나안으로의 복귀와 건국과 그때로부터 시작된 중동분쟁 등 소상한 역사적 사실과 그 추이(推移)를 성서적 관점에서 다루고 있다.

공산체제의 붕괴과정에 대한 생생한 서술은 아직 공산체제에서 벗어나지 못하고 있는 북한을 상대로 한반도의 평화적 통일을 꿈꾸고 있는 남한의 기독교인들뿐만 아니라 모든 지성인들에게 참고될 자료들이 실려 있다. 그리고 확대일로(擴大一路)에 있는 이슬람 교세와 유태인들간의 갈등과 분쟁은 중동전만으로는 끝이 나지 않고, 미국의 심장부를 강타한 테러와 그것을 근절시키겠다는 미국, 영국이 합세한 아프간 공격으로 이어졌으며, 테러 주동자들은 모든 이슬람 국가들이 힘을 합쳐 대항해야 하는 그들대로의 "성전(聖戰)"으로 몰아가고 있다. 오사마 빈 라덴은 미리 녹화된 TV 연설에서 "팔레스타인 땅에 평화가 깃들지 않는 한 미국도 평화 속에 살지 못할 것"이라고 위협하고 모든 이슬람 국가들에게 성전에 동참하도록 선동하고 있다.

실제로 여러 이슬람권 국가들에서 과격한 반미(反美) 시위가 퍼져 나가고 있고 생화학무기까지 등장하는 후속 테러로 위협하고 있다. 이러한 숨막히는 상황들은 하나님의 말씀으로 세계가 하나되어지기를 열망하는 기독교인들에게는 크나큰 도전이 아닐 수 없다. 본래 이슬람교, 유태교, 기독교는 서로 화합하기 어려운 성격을 지니고 있지 않은가? 그럼에도 불구하고 우리 기독교인들은 하나님의 말씀으로 세계를 하나로 모이게 하기 위해서는 무신론자들뿐만 아니라 유태교인도, 이슬람교도들까지도 전도의 대상으로 삼아야 할 사명을 받고 있다고 믿고 있다. 이 난제를 우리는 어떻게 풀어야 할 것이며, 역사를 주관하시는 하나님의 뜻이 무엇일까를 찾는 우리의 힘든 탐구 과정에 구로다 목사의 저서는 많은 자료를 제공하고 있다. 구로다 목사의 이처럼 귀한 저작을 많은 한국 기독교인들이 읽을 수 있도록 한국어로 번역해 주신 '기도의 사람' 朴世直 선생의 뜨거운 선교적 사명감과 깊은 통찰력과 빠르게 번역해 준 기민한 행동에 깊은 감사를 드리지 않을 수 없다.

한(韓)·일(日)이 공동개최하는 「2002 월드컵 축구대회」가 눈앞에 다가오고 있다. 20세기를 전쟁으로 보낸 인류가 21세기를 평화롭게 살기를 갈망하고 있는 21세기 서두에 열리는 월드컵을 맞아 서로 원수 취급하여 지내오던 한·일 두 나라가 불행했던 과거를 청산하고 사랑으로 하나되어 월드컵을 인류평화의 축제로 만들어야 하는 과제를 안고 있다. 이와 때를 같이하여 한·일 기독교 지도자들이 먼저 나서서 하나님의 말씀 안에서 형제의 정을 나누기 위한 만남의 기회들을 만들고 있는 터에 이 귀중한 자료가 한·일 판(版)으로 나오게 되었으니 이 어찌 기쁜 일이 아닌가?

양국의 기독교 지도자들이 이 귀중한 신앙의 메시지를 함께 읽으며 음미할 것을 권하며, 나아가 일반 지성인들도 하나님이 주관하시는 역사의 행방을 찾아가는 데 큰 도움을 받게 될 줄 믿는다.

2001년 10월

전 국무총리, 2002 월드컵 축구대회문화시민운동추진협의회 회장

李 榮 德

『21世紀와 聖書의 비밀』을 읽고

"너희는 가만히 있어 내가 하나님 되심을 알지어다." (시 46 :
10)

구로다 데이이찌로 목사는 '46년 대만에서 출생한 일본인 목사다. '70년대 독일에 유학하면서 당시 소련에서 탈출하여 온 독일계 러시아인 몇몇이 모이는 예배 집회에 참여하게 되었다. 거기서 그들의 수난(受難)체험과 신앙간증에 감격하여 그들과 친구가 되었다. 그리고 소련의 붕괴 이전부터 그 이후 계속하여 27년 간 동구권과 러시아 각지를 순방하면서 복음 전파에 헌신했다.

암흑의 장막 속 스탈린의 공산치하에서 기독교인들이 당했던 끔찍한 수난(受難)을 보고, 듣고, 체험한 생생한 기록을 책으로 묶어 우리에게 보여준다. 그 수난의 기록들을 읽은 나는 아직도 엄청나게 더 많았을 순교자들의 처절한 피의 통곡이 푸른 하늘을 꽉 채워 지금도 울고 있구나! 싶어 가슴이 찢어지는 듯 아프다.

구로다 목사가 전한 수난자들의 담담한 신앙체험 간증 속에서 나는 그리스도의 십자가 고난에 동참하는 자만이 바르게 예수 믿는 자다("하나님 나라에 들어가려면 많은 환난을 겪어야 할 것이다."[행 14:22])라고 확인했다.

구로다 목사는 이렇게 공산치하 무수한 기독교인들의 피 젖은 수난의 발자국을 보고 들으면서, 그러나 인간의 역사와 운명은 그때도, 지금도, 언제나 살아 계신 하나님이 섭리하시고 주관하신다는 사실을 그는 더욱 확실히 보고 알게 되었다.

하나님을 대적한 공산정권과 그 절대권력에 맞서 죽음으로 항거하였던 순교자들의 싸움에서 그는 어느 편이 최후 승리자인가를 보게 된 것이다. 당대의 신문기자도, TV카메라도 똑바로 보여주지 못했고, 역사학자도, 시사평론가도 바로 알지 못했으며, 또 다른 역사, 즉 하나님의 전사들과 악마의 수괴들과의 치열한 전투에서 오늘은 누가 이기고 있는가를 그가 보게 되었고 알게 된 것이다.

"너희는 가만히 있어 내가 하나님 됨을 알지어다." (시 46 : 10)

구로다 목사는 이제 이스라엘과 아랍권의 문제, 그리고 유럽과 세계 열강의 정치, 경제, 문화, 민족 간의 대결 등 모든 현존한 문제들까지도 성서가 보여 주는 역사 해석에 근거하여 평가하고 정리하여 자기의 견해를 말하고 있다. 지식인의 현실 참여는 역사 이해에 대한 그의 철학에 근거하여 평가한다.

기독자의 현실 참여는 그가 받아들인 성서의 역사관에 근거한다. 그런데 역사의 소용돌이 현장에서는 하나님의 얼굴은 볼 수 없다. 등만 보이시는 하나님이시다.(출 33 : 23)

나는 구로다 목사의 책을 읽으면서 두 가지 생각이 머릿속을 떠나지 않았다.

그 첫째는, 우리와 맞서 있는 북한에 대해서다. TV 화면과 신문기사에서 보여 주는 김정일의 화사한 얼굴을 빛나게 하고 있는 햇볕 뒤에 가려진 북한 전역에서 억압과 굶주려 죽어 가는 동포들의 참상은 더욱 깊은 어둠 속에 숨겨져 가고 있다는 슬픈 아이러니였다. 공산 북한에서 처참하게 순교 당한 수많은 성직자, 신도들의 죽음의 기억은 우리에게서조차 점점 사라져 가는데 그들의 통곡소리는 아직도 그 날을 기다리고 더욱 세차게 하늘을 울리고 있구나 싶다. 하나님의 응답이 아직도 들리지 않음이 우리의 죄로 인함은 아닌지? 실로 답답하다.

다음은 최근 일고 있는 한·일간의 감정 대립의 문제다. 일본 수상이 야스쿠니 신사에 참배하는 일이 과거를 회고해 보는 우리 민족에게 노여움을 안겨 주고 있다. 그러나 거기에는 아직도 '바알신에게 무릎을 꿇지 아니한 40인의 일본인'이 남아 있다는 희망이 있다. 하나님의 역사 섭리는 다수결에 의하여 가·부가 결정되지 않는다.

'작은 무리여, 두려워 말라'는 하나님의 음성이 들린다. 일본, 중국, 한국은 인종·문화적으로 동근·동질성을 가졌고 그 관계 역사 또한 깊고도 깊다. 일본은 이웃을 적으로 만들고 잘살 수도 없다. 우리는 일본이 선한 양심과, 고결한 인격과, 겸손한 사랑이 으뜸 되는 나라가 되어지기를 바란다.

구로다 목사님의 복음 사역과 그 체험들을 엮은 책이 친애하는 박세직 박사를 통하여 우리말로 옮겨진 것을 크게 환영한다. 교계 성직자들과 신도들, 일반 정치인들도 이 책을 꼭 읽었으면 좋겠다.

2001년 10월

一家記念事業財團 名譽理事長 趙　香　祿 원로목사

하나님의 맷돌

어떤 젊은이가 '찰스 베어드'라는 역사가에게 선생님은 오랜 세월 역사를 연구하면서 얻은 것이 무엇이며, 본 것은 무엇이냐고 물었다. 이 물음에 대해 그는 다음과 같은 대답을 했다.

"나는 일생 동안 역사를 공부하면서 하나님의 맷돌이 역사 안에서 천천히 돌고 있음을 보았다. 그런데 그 맷돌이 너무도 느리게 천천히 돌아가기 때문에 하나님의 맷돌이 돌아가고 있는지 아닌지를 의심할 때가 많았다. 그러나 하나님의 공의의 맷돌은 모든 것을 보드랍게 갈아 결국 의는 의대로, 불의는 불의대로 골라내고야 마는 것을 보았다. 또한 날이 점점 어두워지면 별을 더 똑똑히 볼 수 있듯이, 암흑과 혼란이 길어지면 이곳이 다 지나가기 전에 벌써 소망의 별이 나타날 때가 된 것을 역사는 증명하더라."

오늘을 사는 우리도 때때로 만일 하나님이 살아 계신다면 하나님을 반역하고 인류를 괴롭히는 악의 세력을 당장에 처벌하지 않고 침묵만 지킬 수 있는가 하고 불평을 하기도 한다. 그러나 한 가지 분명한 사실은 이 땅에서 악의 세력에 의해서 일어나는 온갖 거센 폭풍과 하나님의 경륜은 동의어(同意語)가 아니라는 것이다. 하나님의 경륜과 섭리는 천천히 돌아가는 공의의 맷돌에 의해서 하나도 차질 없이 이루어져 가고 있다는 사실을 역사는 증명한다.

우리는 세계화라는 거대한 변화의 물결을 타고 21세기에 들어서 지난 세기를 되돌아보면, 빵으로만 인류를 구제할 수 있다고 호언하며 역사에 등장한 무신론 공산주의도 이제는 백기를 들고 역사의 뒤안길로 사라지고 말았다. 이제 마지막으로 남아 있는 무신론에 근거한 주체사상도 종지부를 찍는 날이 멀지 않았다고 믿는다. 「시편」 46편 10절에 보면 "너희는 가만히 있어 내가 하나님 됨을 알지어다. 내가 뭇 나라 중에서 높임을 받으리라 내가 세계 중에서 높임을 받으리라"고 하셨다.

이런 전환기에 일본 교계의 지도자이신 구로다(黑田禎一郞) 목사의 『하나님의 마스터플랜의 향방』이라는 저서가 한국교계와 정계에서 존경받는 박세직 박사에 의해서 『21世紀와 聖書의 비밀』이라는 제목으로 번역되어 나오게 된 것은 매우 기쁜 소식이 아닐 수 없다.

구로다 목사는 하나님 중심의 투철한 신앙적 역사관 위에서

20세기를 얼룩지게 한 독재국가들이 일으킨 무서운 전쟁과 잔인한 종교탄압, 가공할 유대인 학살 그리고 이데올로기의 갈등과 붕괴라는 엄청난 사건들을 신앙의 눈으로 예리하게 분석했다. 또한 동서의 냉전구도가 무너지면서 「바르샤바 조약기구」의 붕괴로 동유럽의 여러 나라들이 해방되고, 3억 7천만의 거대한 「유럽연합」(EU)의 태동 그리고 13억의 이슬람교의 새로운 도전 등을 폭넓게 전망하면서, 과거와 현재 그리고 미래의 역사 방향을 일관성 있게 하나님의 마스터플랜에 따라 운행된다는 사실을 성경을 통해서 저자 자신의 선교 현장에서 얻은 경험을 통해 확실하게 증언하고 있다.

특히, 이 책을 한국말로 옮긴 박세직 박사는 신실한 크리스천이요 평신도 지도자로서, 그는 하나님 중심의 생애를 군 지휘관으로, 국회의원으로, 장관으로, 「'88올림픽대회」 조직위원장으로, 그리고 「2002년 한·일 월드컵 축구대회」 조직위원장으로 나라에 봉사하였다. 그 외에도 「국가 조찬기도회」 회장으로 봉사하면서 세계의 정치가와 교회 지도자들 사이에 폭넓은 우호관계를 형성하였다. 일본의 과거의 잘못을 뉘우치는 교회 양심 인사들과 접촉하는 가운데 구로다 목사를 알게 되었고, 그의 저서인 『하나님의 마스터플랜의 향방』을 읽고 그 내용에 공감하여 이 책을 한국말로 번역하게 되었다고 역자는 말했다.

구로다 목사의 『하나님의 마스터플랜의 향방』을 우리말로

번역 출간함에 있어 나는 두 가지 의미를 부여하고 싶다. 하나
는 일본의 잘못된 과거의 역사를 잊을 수는 없으나, 온 세상이
하나의 세계로 개편되어 가는 전환기에 불행했던 과거에만 머
물 수는 없는 것이다. 이제는 서로 이해와 화해를 바탕으로 공
존 공영의 미래로 가야 할 필요성을 이 책은 깨우쳐 주고 있다.

다른 하나는 이 책은 27년 간이나 공산국가인 소련을 위시
해서 독재 국가였던 독일 그리고 이슬람 지역 선교지에서 얻
은 풍부한 지식과 경험이 한국 선교사들에게 큰 도움을 줄 수
있다는 점에서 의미를 부여하고 싶다. 그러므로 많은 목회자
들, 선교사들, 크리스천 정치인들 모두에게 일독을 권하면서
이 책을 추천한다.

2001년 10월

호서대학교 이사장 鄭 晉 慶 원로목사

영(靈)의 눈을 열게 하는 하나님의 스토리

세상에는 수십억 권의 책이 있고 계속해서 신간 서적이 쏟아져 나오고 있습니다만 이번에 구로다 목사님이 집필하고 박세직 박사께서 번역하신 『21世紀와 聖書의 비밀』이라는 책만큼 귀중한 책도 드물 것이라고 생각합니다. 저는 원서를 직접 읽어보았습니다만 새삼 저자의 박식(博識)함과 시대와 역사의 흐름을 뚫어보는 혜안(慧眼)에 대하여 감탄을 금할 수가 없었습니다.

영어로 역사를 히스토리(History)라고 하는데 이는 역사란 His Story, 즉 하나님의 스토리라는 뜻입니다. 역사란 하이데거의 말처럼 의자(義者)가 지배하는 것이 아니라 하나님의 마스터플랜에 의하여 지배되고 진행되어지고 있는 것입니다. 역사를 향한 하나님의 마스터플랜, 즉 베를린 장벽의 붕괴와 구 소련

권의 붕괴, 유럽공동체의 출현, 이스라엘과 아랍권의 대립, 이슬람 원리주의자들의 테러 행동, 종말에 관한 예언 등을 저자인 구로다 목사는 성경을 통하여 정확하고 예리하게, 그리고 심도 있게 파헤치고 있습니다. 그리고 역자인 박세직 박사님은 그의 풍부한 언어 실력으로 이 책이 전하고자 하는 내용을 정확하고 완벽하게 전달하고 있습니다.

홍수처럼 쏟아져 나오는 책들 중에 바쁜 시간 속에서 독서의 여유를 가지기 어려운 현대인(특히 기독교인)들에게 꼭 일독(一讀)을 권하고 싶은 보배롭고도 귀중한 책입니다.

모쪼록 이 책을 읽는 분들에게 성경과 역사에 대한 영(靈)의 눈이 열려 주님의 재림을 대비하는 슬기로운 '다섯 처녀'의 반열에 들어 갈 수 있기를 예수님의 이름으로 축원합니다.

2001년 10월

민족복음화 운동본부 총재 申　賢　均 원로목사

터널 끝에 보이는 빛의 예언서

통일을 향해 타오르던 불꽃도 북한의 경직으로 다시 식어가고 있다. 대중 문화개방과 한류에 의해서 뜨거웠던 한·일관계도 역사 교과서와 야스쿠니 신사 참배 등으로 환멸과 갈등으로 급변했다. 그리고 온 인류가 불꽃을 터뜨리며 희망과 평화를 기원했던 뉴 밀레니엄의 꿈은 뉴욕 심장부를 강타한 자폭 테러로 산산조각이 났다.

바로 이러한 시기에 구로다(黑田禎一郞) 목사의 『하나님의 마스터플랜의 향방』이라는 저서가 간행된 것은 여러모로 우리에게 시사하는 점이 크다. "21세기에의 시점"이라는 부제대로 책자는 기독교적 관점에서 인간의 역사와 삶을 새롭게 조명하려고 한 것으로, 그 화두는 우리가 지금 겪고 있는 여러 문제와 깊은 연관을 지니고 있다.

우선 냉전이 붕괴된 후 이제는 누구도 이데올로기의 문제에 대하여 관심을 두지 않고 있지만 이 저자는 "꺼진 불도 다시 보자"는 진지한 마음으로 이데올로기의 붕괴원인을 깊이 있게 분석해 주고 있다. 이 과정에서 우리는 자연스럽게 북한의 문제를 좀더 심층적으로 이해하게 되고 통일을 하기 위해서 어떤 장애물을 넘어야 하는지를 깨닫게 된다.

그리고 두 번째는 한·일 문제다. 해법이 없는 역사의 앙금이 얽히고 설킨 현안문제들을 어떻게 풀어야 하는가 하는 것을 이 책은 그 방안의 한 실마리를 풀 수 있게 한다. 한국에 비해 다소 미비한 일본의 기독교가 깊은 뿌리를 내리는 가운데 생활하면 그만큼 과거의 군국주의 시대에 대한 반성 또한 깊어지게 될 것이라는 점이다. 구로다 목사의 저서가 한국에서 번역 출간되었다는 점 하나로도 그것은 과거의 죄에 대하여 깊이 반성하고 있는 일본의 양심적인 지성인들의 활동에 응원가와 같은 구실을 할 수 있게 될 것이다.

세 번째로 우리는 지금 뉴욕 「무역센터」의 테러에 의해서 야기된 이른바 신 전쟁을 겪고 있다. 헌팅턴의 "문명 충돌론" 과 「코란」을 비롯, 이슬람관계 서적이 베스트셀러에 오르고 있는 것을 보아도 그 충격의 크기를 짐작할 수 있다. 이 책은 바로 기독교와 이슬람교와의 관계와 그 궁금증에 대해서 많은 견해를 밝히고 있다. 물론 이 글들은 테러가 일어나기 이전에 쓰여진 것이지만 지금 시점에서 보면 그 내용들이 더욱더 생생하게 느껴진다.

　거의 예언적인 언술로 쓰인 이 책은 크리스천이든 아니든 그와 관계없이 21세기를 살아가는 사람들에게 수수께끼 풀이 같은 긴장감과 호기심을 자아낸다. 무엇보다도 이 책을 번역한 분이 바로 박세직 선생이라는 점에서 더욱 관심은 고조될 수밖에 없다. 그분 자신이 착실한 크리스천이며 영어를 비롯 어학에 조예가 깊은 분으로 번역자 이상의 의의를 보여준다. 하나님은 결코 21세기를 버리지 않는다. 그것이 아무리 고난의 시대 그리고 불안과 공포의 징후가 짙은 세기라고 할지라도 터널 끝에 불빛이 보인다면 인간의 행진은 멈춰지지 않을 것이다. 그것이 바늘 끝 같은 작은 불빛이라고 하더라도……. 이 책은 신의 마스터플랜을 믿게 하는 그런 빛의 하나인 것이다.

2001년 10월

초대 문화부장관/ 중앙일보사 상임고문 李　御　寧

일본의 양심, 일본의 크리스천

지난 6월 일본에 갔을 때 지하철, 열차, 버스 등에 2002년 월드컵에 관한 선전 포스터마다 'KOREA'라는 표시가 전혀 없는 것을 보면서, 일본인들의 오만과 한국을 여전히 무시하고 있다는 느낌에서 은근히 화가 치미는 것을 느꼈습니다.

약 10년 전 독일에 갔을 때, 하노바 북쪽에 있는 벨젠(Belzen)에 보존된 이스라엘 민족 학살의 현장을 15개봉의 대형분묘와 함께 잘 보존해 놓은 전시관을 보고 일본 사람들과는 너무나도 대조적인 독일인들의 양심을 읽을 수가 있었습니다마는, 아무튼 일본사람들의 한국인을 경멸하는 도국근성(島國根性 : 섬나라 사람 특유의 성질. 옹졸하고 너그럽지 못하며 배타적인 반면, 단결성과 독립성이 강함)에 불만을 가진 제가 그래도 일본의 기독교인만은 그렇지 않다고 하는 것을 일본 교회와의 만남을 통해서 확인할 수가 있었습니다. 그래서 본인은 은퇴하기 전 현직으로 있을 때, 항상 일본 선교의 중요성을 강조해 왔던 것입니다.

그러던 중 이번에 구로다(黑田禎一郎) 목사님의 저서를 접하면서 감탄한 것은 그분의 해박한 역사적인 통찰력과 성경에 대한 풍부한 지식 그리고 그것을 현실과 미래에 결부시켜서 해석하는 예지(叡智)에 대한 경외심 때문이었습니다. 특히 무신론 공산주의자들의 비인간적인 잔학상을 성경에 비추어서 파헤친 역사적 감각과 무슬림 원리주의자의 과격성의 특질과 유래를 적나라하게 진술한 대목들은 기독교인이라면 누구나 반드시 알아두어야 할 글이라고 생각합니다.

일본이라는 나라에 이와 같이 양심적이고 신앙적인 인물들이 있다고 하는 데에 큰 감동을 받았고, 일본 선교의 중요성을 다시 한 번 확인했습니다. 게다가 박세직 박사님이 가진 번역의 실력에 다시 한 번 감탄했습니다. 본인은 구로다 목사의 원저(原著)와 박 박사님의 번역문을 대조하면서 정독을 했습니다. 신학을 전공한 목사도 아니면서 어떻게 그 어려운 신학적인 표현들을 완벽하게 번역할 수 있었는지 참으로 놀라웠습니다.

혼란한 21세기 국제사회의 소용돌이 속에 기독교인은 물론, 일반 사회인들도 누구나 꼭 한 번씩은 읽어봐야 할 명저(名著)라는 생각이 들어 추천하는 바입니다.

2001년 10월

한국기독교지도자협의회 대표회장 崔　海　一 원로목사

韓·日 간 실타래를 푸는 단서

먼저 이 혼돈의 시대를 살아가는 현대인들에게 일본의 구로다 데이이찌로 목사님의 귀한 책이 한국어로 번역되어 소개된 것을 기쁘게 생각하며, 번역을 위해 수고를 아끼지 않으신 박세직 박사님께 감사를 드립니다.

한국과 일본은 가까우면서도 멀게 느껴지는 그런 특수한 관계성을 가진 나라입니다. 쉽게 풀어 갈 수 있을 것 같으면서도 늘 풀리지 않는 그런 나라로 오랜 관계를 지속해 왔습니다. 그러나 이제 새 천년 시대를 맞이하면서, 또 「월드컵」 공동개최를 눈앞에 둔 이 시점에서 복잡하게 얽혀 있는 양국관계의 실타래가 풀어져야 하며, 그것은 급변하는 국제정세 속에서 요구되는 시대적 요청에 부응하는 일이라는 점에서 더욱 풀려야 할 문제가 아닐 수 없습니다.

관계성의 회복을 위해서는 먼저 서로의 가치관이나 생각을 함께 공유하는 것이 중요하며, 이 일을 효과적으로 이루기 위해서는 두 나라가 함께 나눌 수 있는 가치관과 생각을 정리한 서적을 서로 교류하는 일에서부터 출발하는 것이 바람직한 일입니다. 이런 점에서 성서의 관점으로 세계 역사를 풀어 나가는 구로다 목사님의 글을 한국에 소개한 것은 한·일 양국 간의 관계 회복을 위해 매우 중요한 단서가 될 수 있습니다.

구로다 목사님의 글을 읽다 보면, 그가 세계 역사에 대해 해박한 지식을 가지셨을 뿐 아니라 그것을 성서의 관점에서 분석하는 예리한 통찰력까지도 겸비한 목사님이신 것을 발견하게 됩니다.

목사님은 세계 역사를 소개함에 있어서 그 표면적 현상뿐 아니라, 그 이면에서 행하시는 하나님의 섭리까지도 상세하게 소개하고 있기에, 본 책자는 기독교인으로서 봐야 할 세상에 대한 우리의 영적 통찰력과 성서의 진리에 대한 관심의 깊이를 더해 주고 있습니다.

냉전 시대가 종식된 이후 포스트모더니즘과 종교다원주의의 영향으로 인해 성서의 진리와 하나님의 절대성이 점차 현대인의 관심 밖으로 밀려나고 있는 현실 속에서 성서의 권위를 다시 회복하는 일은 이 시대 모든 기독교인들의 사명이 아닐 수 없으며, 구로다 목사님의 글이 현 세대를 향해 성서의 진리가 불변함을 대변해 주는 좋은 도구가 되기에 큰 의의가 있다 할 것입니다.

암울했던 역사의 한 모퉁이에서 생명을 위협하는 박해와 온갖 핍박 속에서도 신앙을 지키며 복음을 전했던 전도자들의 간증 이야기는 편한 문명의 이기 속에 살고 있는 현대 기독교인들에게 큰 도전과 신앙의 결단을 촉구하고 있습니다.

그들에게는 하나님에 대한 분명한 확신이 있었기에, 또 역사를 주관하시는 하나님의 주권에 대한 확신이 있었기에 아무리 환경과 상황이 열악했다 하더라도 거기에 굴하지 않고 자신들의 믿음을 지킬 수 있었으며, 그들의 이런 믿음은 미신과 우상숭배에 대한 위협과 팽배해 가는 쾌락주의와 이기주의의 위협 속에서 우리가 지켜 나가야 할 믿음의 유산임을 깨닫게 합니다.

기독교인들은 환경을 바라보거나 환경에 따라 살아 가는 사람이 아닙니다. 어느 시대나 위대한 믿음의 선진들이 그러했듯이 하나님의 말씀을 의지하며, 그 속에서 하나님의 뜻을 이루며 세상을 변화시키는 사람들입니다. 옛날 이스라엘 백성들이 말씀을 의지하여 광야를 지나왔고, 말씀을 의지하여 가나안 땅을 점령하였듯이, 오늘도 하나님의 말씀을 가까이 하며 그 말씀을 의지하는 사람들에 의해 역사는 이루어져 가는 것을 믿습니다.

본 책자는 구로다 목사님께서 세상의 이치나 세상의 처세를

소개하는 것이 아니라, 하나님은 오늘도 살아 계셔서 우리의
역사를 주관하시는 분임을 소개하는 귀한 책입니다. 바라기는
이 책을 통해 한·일 양국의 관계개선은 물론이려니와 읽는
모든 분들에게 하나님을 향한 믿음의 눈이 열려지기를 소망하
며 일독을 권유하는 바입니다.

2001년 10월
기독교 대한감리회 광림교회 金 善 道 감독

영적 목마름을 해갈시키는 샘물

21세기는 혼돈과 격변의 시기입니다. 한치 앞도 예측할 수 없는 이 시대는 삶에 대한 참된 가치기준과 목적과 방향을 상실하고 말았습니다.

또한 현대는 영적 갈등의 시대로서 다양한 종교와 사상들이 있지만, 영적 목마름을 온전히 해갈시켜 주지는 못합니다. 더욱이 이 세계는 점차 서구문명과 이슬람문명간의 첨예한 대립과 충돌현상이 나타나고 있으며, 이로 말미암아 온 세계가 긴장과 위험을 안고 살아가게 되었습니다.

우주의 시작과 종말에 대한 해답을 갖고 계신 하나님만이 역사의 주관자이시며, 하나님의 아들 예수 그리스도의 복음만이 전 세계에 진리의 빛을 밝혀 줄 수 있습니다. 오늘날 복음 사역이 한국을 중심으로 한 아시아에서 폭발적인 성장을 이루게 된 것은 바로 이슬람권 선교의 시대적 사명을 위한 섭리로 볼 수 있습니다.

이러한 때에 마침 박세직 위원장님이 번역한 이 책은 역사상 하나님을 부정한 무신론 사상과 정권이 얼마나 인류에 해악을 끼쳤는지를 알려주어 우리에게 신앙적 경각심을 갖게 합니다. 그리고 거대 유럽의 탄생으로 재편되는 세계 질서와 서구문명에 대항하는 이슬람 근본주의의 팽창 및 유럽에서의 이슬람 세력의 확대 등을 다룬 이 책은 이슬람에 대한 훌륭한 자료이자 해석으로 생각됩니다.

저자 구로다 데이이찌로 목사의 종말론에 대한 관점은 저의 것과는 차이가 있지만, 종말론에 대한 입장은 사람마다 다를 수 있는 것으로, 저자의 소신을 피력한 이 책 역시 종말론에 대한 좋은 참조가 될 것입니다.

저는 20여 년 간 일본의 복음화를 위해 헌신해 오면서 일본의 희망이 복음화에 달려 있음을 절실히 느끼게 되었습니다. 경제적·군사적 대국으로서 자리 매김하고 있는 일본이 진정으로 과거사를 반성하고 한국과의 진정한 우호선린관계를 정립해 나아가기 위해서는 그리스도의 복음에 의지해야 합니다. 두 나라가 그리스도로 말미암아 진정한 연합의 관계를 이룰 때, 복음의 협력자로서 두 나라는 하나님께서 예비하신 세계선교의 마지막 주자가 될 수 있을 것입니다.

이러한 시점에서 볼 때 이 역서는 한국과 일본, 두 나라를

위한 복음 사역과 기독교 문화 창달에 크게 기여하리라고 생
각됩니다.

　진실한 믿음과 성령으로 충만한 박세직 위원장님의 이 역서
가 세계를 진단하고 마지막 때를 분별할 수 있는 유용한 자료
로 널리 읽혀지길 바라는 바입니다.

2001년 10월

여의도순복음교회 당회장 목사 趙　鏞　基

성서 문화의 지평을 여는 책

일본의 영적 거장이신 구로다 데이이찌로 목사의 서적이 한글 본으로 번역되어 출간된다는 소식을 접하고 기쁨을 금할 길 없다.

27년 간 소련과 유럽에 선교의 열정을 가지고 헌신해 오신 구로다 목사의 신앙서적은 오늘날 미묘한 한·일 양국의 관계 증진을 위해서 큰 몫을 담당하리라 믿어 의심치 않는다.

특별히 감사하기는 내가 알고 있는 역자 박세직 장로님은 한국의 「'88 서울올림픽」 조직위원장은 물론 「2002년 한·일 월드컵」의 전략과 기초를 다지신 스포츠를 사랑하는 지도자로서 국가의 보배임을 확신하며, 또한 신앙적이며, 성서적인, 그리고 하나님께 무릎 꿇어 기도하시는 분이시기에 본서의 번역에 더 큰 의의가 있다고 본다.

모쪼록 한·일 양국의 관계 증진을 위하여 시기 적절한 발간이라고 생각되며, 또한 세계 어디도 안전한 곳이 한곳도 없는 상황, 한치 앞을 내다볼 수 없는 불확실한 시대에 살고 있는 모든 현대인들을 위한 성서적 해답이 여기에 있다고 본다.

본서는 다음과 같은 몇 가지 색다른 특징이 있기에 적극 추천을 하고 싶다.

첫째, 저자이신 구로다 목사님은 성서에 근거한 역사적인 기록을 제시하면서 하나님의 일관된 인류를 향한 역사 의식을 제시하고 있다. 이는 평생을 영혼 구원과 선교사역에 헌신해 오신 일본의 대표적인 성직자가 기독교인들뿐만 아니라 인류 전체가 한번 읽어보고 타산지석으로 삼아야 할 역작으로 엮어 내셨다.

둘째, 창조주 하나님을 증거하며 무신론주의자들에 대한 강한 변증법적 필체가 탁월하기에 목회자를 비롯하여 성도들의 필독서로 기꺼이 추천하고 싶다.

셋째, 유럽의 기독교 공동화 현상을 파고든 이슬람교에 대한 정확한 소개와 시기 적절한 출판은 모든 지성인들에게 읽어야 할 가치를 느끼게 한다. 앞으로의 전쟁 양상은 기독교와 회교도간의 종교분쟁이 불가피하게 될 것이라는 생각이 지배적인 현실이다. 이에 대해 우리 기독교인의 시각은 어떤 것이며, 무엇으로 대처해야 할 것인가? 본서는 현실성 있는 해답을 제시하고 있다.

끝으로, 본서는 편견 없는 역사관에 입각하여 세계사의 흐름 속에서 진실을 찾아내려고 한다. 과거를 정확하게 조명할 뿐 아니라 정치, 경제, 문화, 종교를 총망라하여 정체를 파악하고, 그 정확한 토대 위에서 현재를 향상시키고, 미래를 전망하고 예측하면서 기독교인들과 인류가 나아갈 올바른 방향을 설정하려고 한다.

이 책은 우리 기독교가 역사 속에서 차지하고 있는 비중이나 21세기 사회에서의 다양한 역할 등을 염두에 두고 기독교의 역사를 전체 흐름, 특히 각 시대별 인류 역사의 흐름과 연관지어 서술하고 있다. 이제 일본 최고의 지성과 영성의 앵글을 통해 "성서 문화"의 지평을 읽을 수 있으며, 성서에 나온 예언을 기초로 하여 인류의 21세기 향방을 심도 있게 살필 수 있는 색다른 사유의 회전축을 제시한다.

그의 책이 담고 있는 메시지는 무엇인가? 오늘을 사는 우리에게 그의 메시지는 무엇을 의미하는가?

현재 일어나고 있는 유럽 단일화 문제부터, 미국의 테러 참사까지 종횡 무진하게 역사적 사실로, 성서를 근거한 인류의 미래를 정직하게 표현한 책이다. 이 작품에 담긴 의미가 앞으로도 퇴색되지 않고 계속 기억될 수 있기를 희망한다. 그런 의

미에서 21세기에 접어들어 출간되는 이 책을 높이 평가하고
추천하고 싶다.

2001년 10월
한국기독교총연합회 직전대표회장 池　德 목사

새 하늘과 새 땅을 바라보게 하는 예언서

그리스도인은 세 가지 음성을 들어야 합니다.

첫째는 하나님의 음성, 둘째는 역사의 음성, 셋째는 자기 양심의 소리입니다.

하나님의 음성은 성령 안에서 "말씀"과 함께 나타납니다. 결정적인 계시의 본체는 예수 그리스도입니다. 그러나 계시 사건은 추상적 진리가 아니라 역사 안에 계시되며 구체화되어지는 것입니다. 말씀은 역사 안에 계시되고 역사적인 예수 그리스도의 생애와 그의 구속 역사 속에 확실하게 계시되었습니다. 그러므로 생생한 역사 속에서 하나님의 마스터플랜을 읽을 수 있다는 것은 더없이 중요한 일이며 바른 신앙의 첩경입니다.

성경은 예언과 성취의 긴장관계 속에서 하나님의 뜻을 전하고 있습니다. 예언의 말씀은 추상적이거나 논리적 진리를 말씀하는 것이 아니고 역사 속에 실현될 결정적 미래를 확실하게 예언하는 것입니다. 그 예언을 믿고 현재를 사는 것이 곧 믿음입니다. 예언은 "성취"될 때만 그 가치가 있는 것입니다. 성취는 곧 역사를 뜻합니다. 예언이 현실로 성취되고 다시 먼 미래에 대하여 예언하면서 그 오메가 포인트를 제시합니다. 현재에 역사 속에 나타난 예언의 성취를 보면서 다시 먼 장래에 대한 예언을 확실하게 믿게 되는 것입니다. 신앙은 과거로부터 현재를 보는 시각이 아니고 약속된 언약의 세계로부터 현재를 보는 증거적 현실을 뜻합니다. 언약과 성취 그리고 역사, 그 속에 하나님의 말씀과 이에 대한 믿음이 있는 것입니다.

한·일 양국의 관계 개선과 복음 전도에 헌신해 오신 박세직 박사가 금번 번역하게 된『21世紀와 聖書의 비밀』의 저자인 구로다 목사님은 선교 현지에서 살아 있는 역사에 나타나는 하나님의 경륜을 읽고 있습니다.

역사 속에 계시된 하나님의 뜻을 알고 확증하면서 이제 밝은, 약속된 종말론적 미래를 바라보면서 증거하고 있습니다. 현실 속에 나타난 하나님의 말씀의 증거와 또 새 약속의 땅을 바라보고 제시합니다. 이 책을 읽으면서 새 하늘과 새 땅을 바라보게 될 것을 확신하면서 기쁜 마음으로 추천하는 바입니다.

2001년 10월

소망교회 당회장 郭 善 흠 목사

미래를 준비하는 마음의 창고

역사는 시간적으로 너무 길고 공간적으로도 너무 넓고 광대하여, 연구하는 학자들도 역사를 지리적으로 동·서양사로 나누고 시대별로 고대, 중세, 현대사로 나누기도 한다. 또한 모든 국가가 가지고 있는 개(個)국가의 역사가 있고, 종교적으로 연구하는 종교사가 있는데, 기독교에서는 이를 교회사라 한다. 인류의 역사가 각각 인간에 의해서 우연하게 진행되는 것이 아니라, 마치 오케스트라의 지휘자와 같이 한 분에 의해서 움직이고 있다는 것이다. 이것이 기독교의 역사관이다. 아니, 하늘과 자연 우주의 진행까지 하나님의 손에 의해서 움직여지고 있는 것이다.

역사 속에는 위대한 국가와 인물이 있다. 이런 사람은 역사의 주인공이다. 그러나 아무리 위대한 인물이라도 그를 세우시고, 높이시고, 위대하게 하신 이는 하나님이시다. 그러므로 사람은 누구나 섬김의 대상, 경배의 대상이 될 수 없는 것이다. 20세기에 그 선을 넘은 지도자와 국가는 비참하게 되었다. 이 것을 가르쳐 주어야 한다. 이것을 모르는 것은 '욥과 욥의 친구'와 같이 알지 못하고 말을 하는 것이다.

오늘날처럼 책이 많이 출간되고 정보가 홍수처럼 쏟아져 나오는 시대가 없었다. 그러나 우리는 목마른 것이다. 나는 이 책을 읽으면서 "이럴 수가…… 아니, 일본 사람이 어찌 이런 책을……" 감탄하지 않을 수가 없었다.

소련이 붕괴되고 본인들도 왜 붕괴되었는지 아무리 생각해도 알 수가 없었다. 총 한방 쏘지 않고 세계 최대 강대국이 왜 무너졌는가? 히브리식 사고인 '왜?'라고 하는 방식이 아니면 모르는 것이다.

지난 한 세기는 혁명의 세기요, 전쟁의 세기요, 변화의 세기였다. 지난 역사를 이렇게 정확하게 진단하는 본서는 학자들과 목회자들에게 세계를 진단하고 미래를 준비하는 데 큰 도움이 되리라고 생각한다.

나는 한때 『소크라테스의 생애』를 읽으면서 내 이성과 감성이 황홀감을 느끼며 반한 적이 있는데, 이 책을 읽으면서 그때를 연상하게 되었다.

얼마 전 「'88 서울올림픽」 조직위원장이셨고, 장관, 서울시장, 국가안전기획부장, 국회의원을 몇 번이나 역임하신 박세직

전 위원장께서 추천사를 부탁하기에, 아무리 박 위원장을 존경해도 원 저자가 일본 사람이기에 마음이 편하고 좋지는 못하였다. 사실 일본은 우리와 한 쌍의 고무신처럼 서로 도우며 살아야 하는 파트너인데도 그렇지 못하였다. 또 일본하면 경제, 전쟁, 기술 등이 생각나고 모든 면에 앞서 있고, 샤머니즘과 우상숭배에 깊이 빠진 나라이다. 일본에서는 기독교인은 연약하고 영적인 힘은 미약하다.

그러나 본서는 이런 생각을 넘어서고 깊은 영적인 힘과 능력을 우리에게 줄 뿐 아니라 마음의 창고를 채울 수 있는 양식이라고 생각한다.

본서는 많은 사건과 나라와 역사를 다루면서도, 하나의 길로 인도하고 그 해답까지 정확하게 알려 주시기에 부족한 종이 원 저자와 역자에게 깊이 감사 드리며, 읽는 분에게 주님의 은총이 같이하시기를 기원합니다.

2001년 10월

명성교회 당회장 金 森 煥 목사

박세직 박사의 젊음과 열정

구로다 데이이찌로(黑田禎一郎) 목사가 쓴 이 책은 근래에 보기 드문 내용을 다룬 저술이라 생각된다. 그는 러시아 등 동구권 여러 나라의 이데올로기적 붕괴과정을 살펴보면서 유럽연합국의 등장과 이슬람교 사회의 대두에 이르기까지 거시적인 안목으로 과거와 현재 그리고 미래를 통관(通觀)하고 있다.

더욱이 그는 자신의 체험을 바탕으로 하여 그 광범한 문제를 알기 쉽게 엮어 놓았다. 지난 9월 11일은 온 세상 사람들을 놀라게 한 바 있는 미국 「무역센터」 쌍둥이 빌딩에 대한 여객기 납치 테러 사건들의 범인들이 이슬람계의 사람들이라는 것을 알게 되자 이 책을 다시 읽어보지 않을 수 없었다. 왜냐하면 이 책에서는 이슬람의 교의(敎義)와 성전(聖戰) 등에 관하여 알기 쉽게 서술하고 있기 때문이다.

박세직 박사와 우연한 기회에 오찬을 같이 하다가 그의 서류봉투에서 내비치는 소책자 하나를 발견하게 되었다. 그는 평소에 책을 가까이하고 있을 뿐만 아니라 노트북을 가지고 다니면서 원고를 정리할 만큼 학구적이기 때문에 소책자를 발견한 것이 별로 새로운 일은 아니다.

그러나 이 책의 목차를 훑어보는 순간 관심을 가지지 않을 수 없었다. 왜냐하면 오늘날 우리의 처지를 감안할 때 남북문제를 비롯하여, 미국과의 삼각관계 및 한반도 주변 열강의 움직임에 대한 시각차를 읽는다는 것은 결코 쉬운 일이 아니기 때문이다. 거기에다가 이슬람계의 테러 행각이 세계 도처에서 시한폭탄처럼 위기감을 느끼게 하고 있으니 말이다. 그런데 이 책이 주는 인상은 그와 같은 복잡한 문제를 종교 문화적인 시각에서 접근해갈 수 있다는 가능성을 던져 주고 있다.

박세직 박사가 「2002년 월드컵」 조직위원장으로 있을 때 한·일 공동주최의 국제대회를 성공시키기 위해 한·일 20개 도시 자치단체장 회의를 서울과 요꼬하마에서 번갈아 개최하며 월드컵을 주도해 나가는 모습에서 그의 업무에 대한 열정과 포용력 있는 지도력을 가까이서 지켜볼 수 있었다. 이번에 또다시 일본 구로다 목사의 저서를 자진해서 번역할 것을 결심하여 여름 휴가 모두를 이 일을 위해 바친 그의 '젊음'과 '열정'에 또 한 번 고개를 숙이게 되었다.

물론 박 박사는 올림픽 사상 가장 훌륭했다고 칭찬을 받는

「제24회 서울올림픽」의 조직위원장을 역임했다. 뿐만 아니라 한일 양국이 공동으로 개최하는 「제17회 월드컵 축구대회」 조직위원장으로서도 그 기초를 튼튼히 다졌으며 특히 한·일 양국 간에 얽히고 설킨 역사적인 앙금의 차원을 뛰어넘어서 우호적인 동반자로서의 위상을 바로 세워 나가는 데 공헌한 바 크다는 것은 이미 자타가 공인하는 바이다.

지금은 비록 일선에서 물러서 있기는 하지만 국민계도 차원에서 지식정보를 발굴 보급하려는 그의 마음은 늘 한결같기에 많은 사람들로부터 존경과 신뢰를 받고 있다. 이 사람이 추천의 글을 쓰게 된 것도 그 연유는 간단하다. 구로다 씨의 원서와 박세직 박사의 번역문을 거의 정독할 만큼 흥미를 느끼기 때문이다. 또한 추천의 글은 책을 정독한 사람이 써야 뜻이 있다는 역자의 권고가 있어서 순박한 동기에서 감히 붓을 들게 되었다. 이 책은 종교관계를 초월해서 누구에게나 일독을 권하고 싶다. 신앙생활에 있어서 종교상의 차이가 있을 수 있다. 그러나 열려진 정보의 세계를 찾아 들어가는 길목에서는 너와 나와의 구별이 있어서는 안 될 것이기 때문이다.

2001년 가을에

단국대학교 명예교수, 전 새마을운동 중앙회장 牛眠山下人 恒山

金 裕 赫

시대의 분변(分辨)을 도와주는 책

최근 미국에서 발생한 강력한 테러로 인한 참사로 세계가 큰 충격과 혼란에 빠졌습니다. 또한 매스컴에서는 앞다투어 기독교 문화와 이슬람교 문화의 문명충돌을 이야기하고 있습니다.

이런 차제에 마치 이 같은 상황을 예상한 것처럼 한 권의 책이 박세직 「2002년 한·일 월드컵 축구대회」 조직위원장의 번역을 통해 한국어로 출간이 됐습니다. 바로 일본의 구로다 데이이찌로(黑田禎一郞) 목사님의 저서인 『21世紀와 聖書의 비밀』입니다.

구로다 목사님은 이 책에서 소련 등 공산권의 붕괴와 가시화되고 있는 「유럽연합」의 실현문제, 그리고 이슬람교 사회의 대두 등 과거와 현재의 역사적 상황에 대해 깊은 통찰력을 갖고, 기술하고 있습니다. 또 성경과 연관성에 대해서도 자세히 언급함으로써 독자들의 이해를 돕고 있습니다.

나아가 앞으로 세계 역사의 흐름 역시 성경과 이스라엘을 아는 데 있다고 밝힘으로써 분변의 기준을 제시해 주고 있습니다.

저는 이 책을 통해 무엇보다도 시대를 분변할 수 있는 힘을 얻을 수 있다고 봅니다. 「누가복음」 12장 56절을 보면 '시대의 분변'에 대한 예수 그리스도의 말씀이 나옵니다. "외식하는 자여, 너희가 천지의 기상은 분변할 줄을 알면서 어찌 이 시대는 분변치 못하느냐"라고 말씀하고 있는데, 바른 분변이 있을 때에만 크리스천으로서, 또 교회로서, 바른 대처와 역할을 감당할 수 있으리라 봅니다. 이런 면에서 한국의 크리스천들과 지도자들에게도 큰 유익이 있으리라 확신합니다.

아울러 바라기는 이번 일을 계기로 일본의 훌륭한 기독교 관련 서적들이 한국의 크리스천들에게 소개되고, 또 한국의 좋은 서적들이 일본에 소개됨으로써 출판 교류가 활성화되고, 서로의 신앙과 신학을 배울 수 있는 기회가 되었으면 합니다. 마침내 이 같은 일이 일본 역사 교과서 왜곡 문제를 비롯한 한·일 두 나라간의 문제 해결과 1년 앞으로 다가온 「2002년 한·일 월드컵 축구대회」의 성공을 위한 작은 밑거름이 되리라 믿습니다.

2001년 10월

극동방송 사장, 세계 침례교 총회장 金　章　煥

성서적 세계관을 열어 주는 길라잡이

글을 쓰고 책으로 펴내는 것도 힘들지만 다른 사람의 글을 엮어 내는 것은 더 어렵습니다. 이유는 저자와 역자 사이의 사상적 교감과 가치관의 공감대가 형성되어야 하기 때문입니다. 그런 면에서 번역문학의 경우 당사자들의 노고가 더 클 수밖에 없습니다. 외국인들의 설교를 들을 때 원어 그대로의 설교를 듣는 경우가 있고, 원어설교를 통역하여 듣는 경우가 있습니다. 어딘가 모르게 통역설교는 집중력과 이해력이 빈약하다는 것을 느끼곤 합니다. 하물며 다른 언어와 문자로 된 작품을 번역하여 엮어 낸다는 것은 결코 쉬운 일이 아닙니다.

이러한 제한점들이 있음에도 불구하고 일본의 선교지도자 구로다 데이이찌로 목사의 역작을 한국어로 번역하여 펴내게 된 것을 진심으로 기뻐하는 바입니다.

일본은 가장 가깝고, 가장 먼 나라입니다. 그것은 아직도 선명하게 청산되지 못한 지난날의 슬픈 역사 때문입니다.

불행했던 과거를 곱씹는 것은 바람직한 일이 아닙니다. 과거사란 지울 수 있으면 좋고, 지우지 못하면 잊는 것이 좋습니다. 그러기 위해선 "잘못했습니다. 아닙니다. 괜찮습니다"라는 자백과 용서, 그리고 화해의 마당이 펼쳐져야 합니다. 일본의 약점은 바로 그 부분입니다. 그러나 다행스러운 것은 일본의 뜻 있는 지성들과 기독교 지도자들이 그 일에 앞장서고 있다는 것입니다.

저자는 무신론주의가 인류의 역사에 끼친 잔악한 죄악과 인류 장래를 성서로 조명하여 선명하게 밝히고 있습니다.

70년간 끝닿을 데 없는 양, 기염을 내뿜던 동구 공산권의 철벽이 무너졌습니다. 그들의 붕괴 원인을 딱 하나만으로 짚어낼 수는 없겠지만, 가장 중요한 것은 그들이 무신론을 그들의 사상과 정치의 근저에 깔았기 때문이라는 것이 저자의 지적입니다. 참으로 통쾌한 지적이 아닐 수 없습니다.

저자는 자신이 공산권에서 겪고, 보고, 들은 이야기들을 상세히 기술하고 있습니다. 그것은 우리들에게 신(新) 사도행전적 체취를 느끼게 해줍니다.

동구권이 믿고 바라보던 공산 이데올로기의 성은 바벨탑처럼 무너졌습니다. 무너진 폐허 위에서 저들은 정신적 공허와 동공현상으로 향방을 잡지 못한 채 서성대고 있습니다. 빈 등지 속에 독약을 넣느냐, 복음을 넣느냐의 결단이 요청됩니다.

미국의 「펜타곤」과 「무역센터」에서 일어난 테러 사건을 문명의 충돌로 보는 사람들이 많습니다. 문명의 충돌이란 곧 종교의 충돌이라고 보아야 합니다. 기독교와 이슬람의 충돌, 그것은 하루 이틀 된 것은 아닙니다만 경우에 따라선 세계대전의 불씨가 될 개연성을 안고 있습니다.

저자는 이슬람에 대하여, 그리고 인류의 미래에 대하여 저자 특유의 신앙과 지성 감각을 동원하여 사고의 영역을 펴 나가고 있습니다. 중요한 것은 분명한 신앙과 성서적 관점으로 역사를 보고 있다는 것입니다.

2002년에 있을 「월드컵」의 한·일 공동개최는 역사적인 의미에서나 선교적인 차원에서 그 의미가 크고 무겁습니다.

선교는 총체적이고도 차원 높은 전략을 필요로 하는 하나의 과제입니다. 이런 점들을 감안할 때, 일본 교회 지도자의 저서를 한국 지도자의 손으로 번역하여 출간한다는 것은 매우 뜻 깊은 일이 아닐 수 없습니다. 역자는 평신도 지도자로서 국내외 선교와 민간외교의 몫을 넉넉히 감당해 가고 있는 분입니다.

본서의 한국어판 출간은 한·일 관계의 개선과 양국 교회의 우호협력 증진에도 크게 기여하리라 믿습니다. 그리고 본서는 성경적 세계관에 관심 있는 독자들의 식견을 넓히는 길라잡이가 되리라 믿습니다.

아무쪼록 본서가 널리 보급되어 그 뜻하는 바가 독자 세계에서 이루어질 수 있기를 바라는 마음으로 추천하는 바입니다.

2001년 10월

세계선교협의회 대표회장, 총신교회 담임목사 朴 鐘 淳

헬라적 사고를 뛰어넘은 히브리적 사유

국회의원으로서 의정활동에도 혁혁한 공헌을 해 왔을 뿐 아니라 「'88 서울올림픽」의 성공적 개최, 「국가 조찬기도회」의 발전적 모델의 제시, 「세계 기독교 의원 연맹」 창립과 「2002년 월드컵」 조직위원장의 중책까지 맡아 전력하시던 중에도 이처럼 귀한 서적을 번역하여 또 다른 면모를 보여 주신 박세직 박사님께 한국기독교 지도자의 한사람으로 심심한 감사를 드립니다.

보내 주신 원고를 숙독하면서 우리 국민의 정서와 뉘앙스를 제대로 살려 이해가 용이하도록 정확한 번역을 해 주셨을 뿐 아니라, 원문의 내용을 극명하게 작자의 저작 의도를 백분 살려 내 주신 번역 솜씨에 아낌없는 찬사를 보냅니다.

성서의 역사를 근간으로 유럽과 이스라엘을 중심으로 한 고

금의 중동의 역사를 관통하고, 최근 회교의 급성장과 유럽연합의 변화 속에서 미래의 결과까지를 예견하는 저자의 사안과 혜안을 통해, 오늘을 살아가는 그리스도인들이 삶의 방향을 어떻게 잡아가야 할 것인가를 조명받을 수 있기에, 금번 미국의 심장부를 강타한 테러 사건이 발생한 시점에서 이 책의 번역 출판은 매우 시의적절한 것이라 생각됩니다.

신의 마스터플랜을 보여준 이 저서에서 방법론 중심의 헬라적 사고에 중독되어 인간의 한정적인 지혜로 하나님의 권위에 도전하며 인위적인 바벨탑을 쌓아감으로써 멸망을 자초하는 오늘의 현실을 직시해 볼 때, 국가의 흥망과 민족의 성쇠와 인간의 생사회복이 하나님의 손에 달려 있습니다.

그러기에 역사는 인간의 방법이나 지혜에 의하여 움직이는 것이 아니라, 살아 계신 하나님의 마스터플랜 안에서 움직여진다는 섭리를 중심으로 히브리적 사유를 명쾌하게 변증해 준 저자의 보수 신앙적인 안목에 적지 않은 감동을 받았습니다.

오직 성령으로 돌아가 성서 안에 계시된 하나님의 섭리에 순응하는 길만이 세계평화와 인간구원 실현의 마지막 보루임을 강변하는 저자의 한결 같은 주장에 그 누구도 이의를 제기할 수 없으리라 생각됩니다.

번역을 위해 수고해 주신 박세직 박사님의 노고에 다시 한

번 감사를 드리며, 많은 한국의 그리스도인들이 이 책을 읽고
큰 도움이 되기를 바랍니다.

2001년 10월

2002월드컵 기독시민운동협의회 상임회장 辛　信　默

바벨탑을 허무는 간증서

하나님의 은혜 속에 일본 구로다(黑田禎一郎) 목사님의 저서를 『21世紀와 聖書의 비밀』이라는 제목으로 번역 출판하시는 박세직 박사님께 진심으로 축하의 말씀을 드립니다.

박 박사님은 그동안 지도자적인 역할로 국가와 사회발전에 헌신해 오시며 특히 기독교인으로서 信·敬·愛 정신을 실천하는 운동에 크게 힘쓰시는 것으로 알고 있습니다. 삶의 근본이 되는 도덕과 윤리를 회복시킴으로써 화합을 도모하고 서로 존중하며 마음을 나누어 아름다운 세상을 만든다는 그 뜻과 노력은 매우 의미 있고 중요한 일이라 여겨집니다.

오늘날 갈등과 분쟁의 많은 문제들이 상호간 신뢰의 상실로부터 기인된다고 생각합니다. 최근 많은 사람들이 희생된 미국의 테러 참사가 인류의 평화와 생존을 위협하는 사태로 커지고 있는 것처럼, 반목과 불신은 절망을 전염시키고 아픔의 불씨가 될 것입니다. 따라서 인종과 민족과 종교가 다른 세계인들이 공존하는 지구촌에 무엇보다 필요한 것은 신뢰를 바탕으로 한 이해와 사랑과 인내라고 보고 있습니다.

이를 위해 하나님의 자녀들이 먼저 믿음 반석 위에 자신을 올린다면 바벨탑과 같이 높은 마음의 장벽도 결국은 허물어질 것입니다. 또한 성결한 그리스도인의 간절한 기도는 굳게 닫힌 북한 복음화의 문도 열 수 있을 것이며, 악을 선으로 이기는 기적을 나타낼 것입니다.

이 책은 이러한 내용을 간증하고 있습니다. 아울러 시대적 흐름을 하나님의 창조적 섭리로 설명하면서 성서적 진리와 예언을 명시하고 있습니다. 성경말씀을 토대로 살아 계신 하나님을 증거하는 표적들은 삶의 비전과 방향을 뚜렷하게 보여준다고 생각합니다. "믿음은 바라는 것들의 실상이요, 보지 못하는 것들의 증거니 선진들이 이로써 증거를 얻었느니라."(히브리서 11 : 1~2)

하나님께서 이루시는 생명과 구원의 역사는 과거의 시간뿐만 아니라 지금도 이루어지고 있습니다. 미지의 21세기 역시 하나님의 크신 계획과 인도하심에 따라 펼쳐지리라 믿습니다. 사람마다 각각의 지체로서 그리스도 예수의 모습을 닮아 낮아지고 겸손해질 때, 이 땅에 의의 나라가 확장되고 현실적인 문제들이 평화롭게 해결될 수 있을 것입니다.

이 책에 담긴 이데올로기로 인한 불행한 사건들, 이슬람교에 대한 해석, 저자의 관점에서 본 이스라엘과 성서의 메시지는 영적 안목을 넓히는 데 귀하게 쓰여지리라 여겨집니다. 특별히 27년여 동안 저자가 직접 체험한 구 소련과 동유럽 등 공산권 전도의 내용은 선교활동에 힘쓰시는 많은 사역자들에게 새로운 용기가 되리라 생각합니다. 또한 누구든 책의 첫 장을 감사의 기도로 넘기고, 마지막 장을 소망의 기도로 덮으신다면 여호와를 더욱 경외하며 충만한 믿음을 갖고 삶을 변화시킬 수 있으리라 봅니다.

박 박사님께서 한·일 양국의 기독교 발전과 교계 지도자 교류 활성화에 기여할 좋은 책을 소개해 주셨다고 생각합니다. 이러한 뜻깊은 상호 번역물들이 앞으로도 계속 이어지기를 바라며, 이번 출간을 계기로 「2002년 월드컵」을 공동 개최하는 가까운 이웃 일본과 신뢰와 협력을 강화하면서 우호관계가 증진되기를 기대합니다.

독자 여러분의 삶에 항상 하나님의 사랑과 예비하신 축복이 함께 하시기를 기원합니다.

2001년 10월

숙명여자대학교 총장 李　慶　淑

박세직 박사 역 『21世紀와 聖書의 비밀』

21세기에 들어서면서 문명과 문명간의 충돌, 국가와 국가 간의 갈등, 민족과 민족간의 분쟁들이 어떻게 전개될 것이며, 어떠한 대응책을 제시할 수 있는가는 매우 중요한 질문이며, 우리가 풀어야 할 과제가 된다. 특히, 과학기술의 급속한 변화에 따라 물질적 외면적인 삶보다도 영성적·내면적 삶을 어떻게 가꾸느냐는 것은 지식기반 사회에서 개인 모두에게 핵심과제일 뿐 아니라 사회 공동체가 풀어야 할 가장 중요한 문제인 것이다.

한국과 일본은 인접국가로서 역사적으로 오랜 선린과 갈등의 역사를 갖고 있다. 특히, 근세에 이르러 서구 문명과 함께 기독신앙을 받아들임으로써 새로운 영적 각성의 계기를 맞게 되었고, 동양권의 핵심국가들로서 외면적인 국가발전과 내면적인 정신적인 변화를 경험하게 되었던 것이다. 이는 전능하신 하나님의 역사이시고 새롭게 열리는 21세기의 중요한 모습이 아닐 수 없다. 20세기에 세계 경제, 군사강국의 하나로 부상한 일본과 그 기간 동안 엄청난 고난 속에서 유례 없는 기독교 부흥을 이루고 있는 한국이 과연 역사의 주인공으로서 어떠한 역할을 스스로 또는 공동으로 담당해 나갈 것인가를 조명해 보는 것은 대단히 중요한 일이다.

이번에 한국 기독교계의 평신도 지도자의 한 분이신 박세직 박사께서 일본 기독교계의 목회자이신 구로다 목사님의 저서를 번역·발간하신 것은 위에 지적한 역사의 과제를 어떻게 해석하고 미래의 대처방안을 어떻게 구상할 수 있는가를 우리들에게 제시해 주는 뜻이라 하겠다.

박세직 박사께서는 국가 운영에 깊숙이 관여하셨을 뿐만 아니라 「'88 서울올림픽」의 조직위원장으로 한민족 역사의 한 획을 기획·집행하심으로써, 나라와 민족이 하나님 계획에 따라 어떠한 역할을 감당할 수 있는가를 누구보다도 감동적으로 체험한 분이다.

구로다 목사님은 구 소련을 포함한 동구권 선교에 헌신하시면서 하나님을 무시하고 부정했을 뿐만 아니라, 하나님의 은혜를 배반하고 도전한 공산주의의 허구성과 죄악을 직접 목격한 분이다. 이 책은 바로 하나님의 계획과 계시를 실증할 뿐만 아니라 하나님께의 도전이 얼마나 비극적이고 허망한 것인가를 이 책을 통하여 우리에게 가르쳐 주고 있다. 하나님을 믿고 하나님의 역사 하심을 체험한 모든 기독신자들이 꼭 읽어야 할 한 권의 간증서라 하겠다.

세계는 지금 엄청난 각성과 도전에 직면해 있다. 2001년 9월 11일 미국 뉴욕과 워싱턴에서 일어난 이슬람계 테러들의 참혹한 도전이다. 자칫 문명과 문명간의, 종교와 종교간의 비극적인 전쟁으로 비화할 수 있기 때문이다. 지금이 바로 그때이다. 이슬람교와 기독교의 세계대전 가능성과 이슬람 테러들의 각종 테러 행위가 되풀이되는 장기간의 전쟁이 일어나느냐, 아니면 평화와 화해를 추구하는 기독교 국가들의 새로운 신앙 부흥 속에서 전 세계가 영적 전쟁에서의 거듭난 사회로 발전하는 과정이 전개되느냐의 고비에 와 있다.

하나님을 외면한 세계대전이 된다면 인류는 비극적인 파멸과 종말을 경험할 것이고 하나님의 말씀으로 악의 세력을 제거할 수 있는 전 세계적인 복음전파와 선교활동이 기본이 되는 기독교 부흥이 앞장선다면 21세기 대 종교부흥이 시작될 수 있는 것이다.

이러한 역사적인 기로에서 본 역서를 읽는 독자들은 참진리의 하나님이 우리로 하여금 어떠한 비전을 가져야 하는가를 생각하게 될 것이다. 기독교인들은 이제 믿음을 통하여 세상적인 축복을 찾고 있는 어리석음에서 승화하여 믿음 속에서 참진리를 깨닫고 영원한 영적 축복을 추구하는 변화된 신자가 되어야 할 것이다. 여기에는 이 저자가 말해 주려고 하는 역사적인 하나님의 계시를 명백하게 관조하여야 할 것이며, 영적 전쟁에서 올바른 신앙생활을 지킴으로써 진정한 최후의 승리를 추구하여야 할 것이다. 이 과정에서 한·일 양국의 국민들은 영적 일치를 도모하고 세계를 향한 선교, 전도활동에도 동역자가 되기를 깊이 생각하여야 할 것이다.

이 역서를 하나님을 믿고 하나님의 계획대로 순종하며 살고자 하는 신실한 기독교인들에게 일독하실 것을 추천한다. 또한, 역사의 대분기점에 서 있음을 인식하고 있는 비(非) 기독교인들에게도 미래를 조명하는 삶의 지침서로도 이 책을 읽고 참고하기를 권장한다.

2001년 10월

호서대학교 총장 鄭 根 模

세계 역사를 이끄시는 하나님을 신뢰하자

한·일 양국간 기독교계의 친선을 도모하고 일본의 양심적인 크리스천들과의 우의를 다지기 위해서 본서를 출간하신 박세직 박사님과 저자 구로다 목사님의 노고에 깊은 감사를 드립니다. 지난 27년 간 소련과 동유럽 선교를 하시고 유태인을 위한 복음선교와 지원활동에 참여하고 계신 저자의 감동적인 체험기가 많은 독자들에게 가슴으로 잘 전달될 수 있기를 바랍니다.

저자의 말처럼 하나님은 세계 역사를 간섭하고 계십니다. 성 어거스틴 이래로 알려진 기독교의 직선적인 역사관에 의하면 시작부터 종말까지 이 세계를 이끄시는 분은 천지를 창조하신 우리의 하나님이십니다. 그래서 이 세상에서 벌어지고 있는 일들은 의미가 없는 것이 하나도 없으며, 모두 직접·간

접으로 우리에게 영향을 주고 있습니다. 그러므로 미래가 더욱 불확실해진 이때에 성경을 통해 해석되는 역사를 볼 수 있는 통찰력이 절실하게 요구됩니다.

본서에 기록된 바와 같이 하나님의 뜻을 거역하고 그의 백성들이 핍박했던 로마제국, 나치, 구 소련과 동유럽 국가들은 모두 이미 붕괴되었거나 또는 붕괴되는 과정 중에 있습니다. 북한의 공산집단도 예외는 아닙니다. 이들이 세계 역사에서 사라질 수밖에 없는 이유는 창조주이신 하나님을 인정치 않는 데 있습니다. 성경은 "불이 섶을 사르며, 불이 물을 끓임 같게 하사 주의 대적으로 주의 이름을 알게 하시며, 열방으로 주의 앞에서 떨게 하옵소서."(이사야 64 : 2)라고 증거하고 있습니다. 우리는 구 소련 제국의 멸망에서 그 구체적인 실례를 찾아 볼 수 있었습니다.

신실하고 거룩한 순교자들은 이런 와중에서 배출됩니다. 핍박과 환난 중에서 믿음을 지킨 사람들의 눈물겨운 인생담이 구로다 목사님의 경험을 통해 이 책에 잘 묘사되어 있습니다. 저는 그 사례들을 보면서 북한의 실정을 머릿속에 그려보게 되었습니다. 그곳의 크리스천들도 아마 이와 비슷한 핍박과 고난을 겪었을 것이라고 짐작할 수 있습니다. 북한도 역시 하나님을 대적했기 때문에 소련과 같이 붕괴될 수밖에 없지만 그 날이 하루속히 오기만을 바랄 따름입니다. 그래서 순수한 신자들의 믿음이 널리 알려지고, 저들에게 자유를 얻는 기쁨이 주어지기를 소원합니다.

본서는 원제목과 같이 "하나님의 마스터플랜"을 보여 주려는 의도를 갖고 있습니다. 미래에 대한 구체적인 전망은 충분히 제시되지 않았지만 과거사에 대한 성서적인 해석은 우리가 눈여겨볼 만하다고 생각됩니다. 또한 미래에 대해서도 이스라엘에 관한 예언을 주축으로 풀어 나가는 역사의 해석, 시오니즘에 의한 유태 민족의 대이동, 10개국에 의한 부흥 로마제국의 성립 전망, 바빌론(이라크)의 부흥 전망 등은 성서의 예언에 따른 역사의 흐름을 예고합니다. 우리가 섣부르게 문자적인 정확성을 가지고 미래를 예언할 수는 없지만 성서의 틀 안에서 그 흐름을 감지할 수는 있으리라고 생각됩니다.

부디 이 글을 읽는 독자들에게 하나님이 이끌어 가시는 세계의 역사를 잘 깨닫게 되고 이해될 수 있기를 바랍니다. 그리고 무엇보다도 중요한 것은 하나님에 대한 우리의 신뢰이므로 이 글을 읽는 모든 분들이 하나님을 믿고, 예수님의 교훈을 따라 이 세상을 아름답게 만들어 가는 일에 동참하게 되시기를 바랍니다.

끝으로, "종교의 도덕적 에큐메니칼 운동"에 관한 역자의 코멘트는 우리 모두가 한 번쯤 깊이 생각해 볼 만한 주제입니다. 우리가 서로 믿고, 존경하고, 사랑할 수만 있다면(信·敬·愛) 종교가 다른 문명들 사이에서 더 이상 충돌이 일어나지 않게 될 것이기 때문입니다. 이것은 "지구의 평화를 이루기 위해

서는 종교간에 평화가 선행되어야 한다"는 신학자 한스 킹의
말과도 일맥상통하는 것입니다. 그런데 종교간에 신앙과 교리
적 차이를 넘어서는 심도 깊은 대화가 없이는 이 일이 성립되
기 어렵기 때문에 여러 가지 난점을 포함하는 문제이기도 합
니다. 그야말로 조건 없는 사랑의 힘과 성령이 주시는 지혜가
필요한 것입니다. 그러므로 우리는 앞으로 이 세계의 진정한
평화와 행복을 위해 더욱 많은 노력을 기울여야 한다는 것을
잘 알 수 있습니다. 이 지구상의 모든 영혼을 차별 없이 사랑
하시는 하나님의 사랑이 이 글을 읽는 여러분 모두에게 더욱
충만히 임하시기를 간절히 기원합니다.

2001년 10월

순복음인천교회 당회장 崔　聖　奎 목사

세계 역사를 재조명케 하는 성서적 가치관

흔히 현세와 미래를 알기 위해서는 역사를 읽을 필요가 있다고 말합니다. 이는 창문을 통해 창 밖을 바라보듯이 역사를 통해 우리들 앞에 펼쳐진 수많은 현재와 미래들을 깨달을 수 있기 때문일 것입니다.

특히 하나님께서는 그들의 백성을 통해 이루신 놀라운 구원의 역사와 섭리를 기록된 성서를 통하여 이해하며, 더 나아가 그러한 성서적 가치관을 가지고 세계의 근대사와 현대사를 재조명해 보는 것은 매우 의미 깊은 일일 것입니다.

구로다 데이이찌로 목사는 지난 27년 간 구 소련과 동유럽 선교에 헌신하시는 가운데 바라보았던 세계사를 기독교인의 관점에서 새롭게 해석했을 뿐만 아니라, 미래를 예견하는 통찰력을 가지고 본서를 기록하고 있습니다. 그는 구 소련을 중심으로 한 공산권 이데올로기의 붕괴는 창조주 하나님을 부인한 데서부터 찾고 있으며, 거대한 유럽의 통일이 결코 우연한 것이 아님을 성서적인 관점에서 날카롭게 지적하고 있습니다. 또한 현재 무서우리만큼 성장하고 있는 유럽에서의 이슬람 문화권의 형성에 대해 기독교인들이 자각해야 한다는 그의 목소리는 간과할 수 없는 현실입니다. 실로 이슬람교는 유럽뿐만 아니라 전 세계적으로 가장 급속도로 성장하고 있는 종교입니다.

그리고 이스라엘의 역사를 성서적 입장에서 재해석하며 이스라엘에 대한 예언과 그 예언의 실현을 세계 역사의 향방과 관련지어 바라볼 수 있는 지혜가 필요한 때입니다. 따라서 본서의 원제목인 『하나님의 마스터플랜의 향방』이 말해 주듯이 본 저서는 세계사에 대한 기독교적인 평가와 함께 성서에 입각하여 세계 역사를 새로운 시각에서 바라볼 수 있는 기회를 제시하고 있습니다.

이러한 귀중한 책을 본 교회인 여의도침례교회의 박세직 박사께서 번역 발간하여 한국 교계에 소개하게 됨을 기쁨으로 여깁니다. 박세직 박사님은 본 교회에서도 30년 간 충성스럽게 봉사하셨을 뿐만 아니라 육사를 졸업하시고 군의 장성으로 군을 오랫동안 섬기시고, 전역하신 후 총무처 장관, 체육부 장관, 국가안전기획부장, 서울특별시장, 「'86아시아경기대회」와 「'88서울올림픽」과 「2002년 월드컵대회」 조직위원장 등으로 한국 역사에 길이 남을 봉사를 하였습니다. 또한 제14대와 15대 국회의원으로 국회와 나라를 섬기는 가운데 「국회 조찬기도회」 회장과 「국가 조찬기도회」 준비위원장으로 국내외적으로 하나님 사업에 크게 헌신하시고 사회·정치 분야에서도 주도적인 역할을 감당하시면서 그리스도인의 모범을 보여 주셨습니다.

국회의원으로서 봉사하시던 중 「한·일 기독교 의원 연맹」을 결성하고 한일(韓日) 양국의 「월드컵 조직위원장」을 역임하는 과정에서 남다르게 일본과의 제휴를 모색해 오던 중, 지난 27년 간 구 소련과 동유럽의 선교에 헌신해 오신 일본의 구로다 데이이찌로 목사를 아시게 되어 그분의 신간 저서를 번역하여 한국 교계에 소개하게 됨을 크게 기쁘게 생각합니다. 특히 한·일간의 뼈아픈 역사와 일본의 역사 교과서 왜곡 사건과 남쿠릴 열도의 꽁치어장의 폐쇄 등으로 말미암아 반일 감정이 극도로 솟구쳐 있는 이 시점에 그나마 양심 있는 일본 목회자의 책을 번역함으로써 한·일(韓·日) 기독교간의 우의와 교류의 장을 열게 됐다는 것은 참으로 뜻 깊고 기쁜 소식이 아닐 수 없습니다.

한국에 복음이 들어온 지 백 년이 훨씬 넘게 되었습니다. 그 동안 교회의 내적·외적 성장을 이루어 왔습니다. 이제 한국 교회는 세계의 수많은 나라와 민족들에게 복음을 전해 하나님의 나라를 확장하는 일에 힘써야 할 때입니다. 이러한 시점에서 세계를 향한 하나님의 크신 섭리와 계획을 체험을 통하여 심령적으로 보다 깊게 받아들이고 알게 된다는 것은 매우 고무적인 일이 아닐 수 없습니다. 따라서 본서를 통해 한국 그리스도인들이 기독교적인 시각에서 세계의 역사를 재조명하는 계기가 되기를 바라는 마음으로 추천의 글을 드립니다.

2001년 10월

여의도침례교회 담임목사 韓　基　萬